朔北的风

蒋仪洁 著

陕西  出版
陕西旅游出版社

图书在版编目（CIP）数据

朔北的风 / 蒋仪洁著. — 西安：陕西旅游出版社，
2022.4（2024.1重印）
ISBN 978-7-5418-4245-0

Ⅰ．①朔… Ⅱ．①蒋… Ⅲ．①散文集－中国－当代
Ⅳ．①I267

中国版本图书馆 CIP 数据核字（2022）第 050048 号

朔北的风　　　　　　　　　　　　　　　　　　蒋仪洁 著

责任编辑：邓云贤
出版发行：陕西新华出版传媒集团　陕西旅游出版社
　　　　　（西安市曲江新区登高路 1388 号　邮编：710061）
电　　话：029-85252285
经　　销：全国新华书店
印　　刷：盛大（天津）印刷有限公司
开　　本：880mm×1230mm　　1/32
印　　张：6
字　　数：93 千字
版　　次：2022 年 4 月　第 1 版
印　　次：2024 年 1 月　第 2 次印刷
书　　号：ISBN 978-7-5418-4245-0
定　　价：49.80 元

我的那朔北的兄弟（代序）

高建群

这本书的名字叫《朔北的风》。"朔"即"北"的意思，再在后面加一个"北"，那就是北方之北了。在蒙古族传说中，成吉思汗大行之后，被封为镇守世界北方的神，叫多闻天王。

而关于风，不管你信不信，陕北高原的生成竟然是由于一场刮了200多万年的老黄风。据说，200多万年以前，从中亚、蒙古一带吹来的大风，将大量粉沙刮到此地，堆积下来后形成如今的黄土高原。嗣后天雨割裂，水土流失，形成这陕北黄土高原山沟深陷、山梁纵横、山峁高耸的支离破碎的景象。舞台搭好后，最后再有这人类的登场。

这位写作者我见过，好像有一次陕北人聚会时见过。他的家乡在靖边。文章中，他谈到曾在治沙英雄牛玉琴家所在那个村当过驻村干部。阅读到这儿，叫我一时间觉得很亲切。东坑镇我去过，它处于毛乌素沙漠南部边缘。我的好朋友，西影厂编剧张子良先生，曾经为牛玉琴写过一部电影剧本《一棵树》。记得有一次开会时，牛玉琴大姐还将她生产注册的"统万城"牌矿泉水分给大家喝。

靖边出的治沙英雄叫牛玉琴，定边出的治沙英雄叫石光银。老石我也熟。20年前，我还给他写过一篇报告文学，叫《绿洲万岁》，在《榆林日报》发了一个整版。记得我去采访石光银的时候，当时的县委书记尚洪泽陪着。老石刚从联合国领了个"治沙英雄"锦旗回来，一见我就说："全国人民都在因我而骄傲，但是我很清楚，我自己不能骄傲！"一句话把尚书记给逗乐了，他说："这怂在绕着弯弯标榜自己！"

哦，这就是陕北，它的地理方位，它的"大风从坡上刮过"的老黄风，它的山川梁峁，它的山形水势，它的男人和女人。

我这其实也是在说本书的作者呀！一方水土养一方人。在那片似乎有些偏僻的地域里，生活着一群粗线条的男人和含辛茹苦的女人。他们千百年来就这样地生存和奋斗着。

作者的这本书，我是细细地拜读了。今天是2020年的中秋节，又是国庆节，早晨我爬起来，我把今天这一段时间给陕北，给这位陌生的写作者。

　　文章很大气，叙事不瘟不火，看来作者还是有一些功力的。陕北人天生就是诗人，他们世世代代弹着三弦从黄土地上走过。这位作者会不会弹三弦我不知道（陕北人说，最会弹三弦的是横山人），不过他的语言清晰而自然，在他的娓娓道来中，我们看到了一个陕北青年走向大千世界的心路历程。

　　让我把我的赞美献给陕北，献给每一个正走在路上的陕北青年朋友。我在这里着重想说的是，从他们不安于自己卑微的命运，而走出自己家窑院，走向大世界的那一刻，他们就是人生的赢家了。至于能走多远，那是另外的问题。那得看造化。

2020.10.1 西安

目 录

岁月繁花

山川履迹

第二章

◇

心灵牧歌

第一章

岁月繁花

妻子的收藏

闲暇之余我总喜欢打开电视看看收藏类节目,感觉每件古玩都承载着一段跌宕起伏的历史,每幅书画都蕴含着一个曲折感人的故事。每每看到藏家那些邮票、石头、书画、瓷器等,就想着也去收藏些旧手表、紫砂壶之类的物什,可是总缺乏耐心和韧劲,刚开始兴致勃勃,没多久便偃旗息鼓,临渊羡鱼而已。

　　盛夏时节要腾挪老宅，一些旧物品拿着没用丢了可惜，只好一件件打包，小到锅碗瓢盆，大到桌椅床柜，每天挥汗如雨，累到怀疑人生。可妻子不急不躁，认真细致地查看房间里的每一个角落，唯恐丢了一针一线。

　　经过几天的忙碌，绝大多数东西都搬走了，我拍拍身上的灰尘，擦擦脸上的汗水，轻轻吐口气，瞬间有种愉悦感，好像干了一件惊天动地的大事。我正想倚床小憩一会儿，忽然听到妻子呼唤，让我拿手电筒帮她照明，以便输入密码打开保险柜。我心里一惊，困意顿消，家里有保险柜，打开还需要密码，恰在此刻打开，肯定有贵重物品，会不会是钱呢？可转念一想绝对不会，要说钱估计小偷进来都会叹气。既然不是钱，为什么锁得又那么严实？不管怎样还是心头像小鹿一样乱撞，好奇心驱使我急走几步，迅速打开手机上的手电筒，聚焦保险柜。待到柜门开启，希望犹如肥皂泡，一会儿破裂了两三个。钱没有看到，只看到一个小布袋，妻子小心翼翼地把布袋放到床边，瞬间传出清脆悦耳的金属响声，这声音分明就是金元宝或"袁大头"之类的贵重物品发出的声音。兴奋之情溢于言表，我恍若掉进蜜罐，迫不及待打开布袋，然而呈现在眼前的是一枚枚闪闪发亮的小小硬币，还有部分小面值纸币。我不是见钱眼开的人，但第一次见这么多硬币，心里依然乐开了花，犹如哥伦布发现新大陆，这不就是我梦寐以求的收藏嘛。

钱币种类较多。从时间看，自 1962 年到现在每年的钱币基本都有。从形状看，有大有小，圆形居多，多边形较少。从材质看，多为钢币，铜币较少。从面值看，一分二分五分，一角五角一元，一应俱全。我不停地摆弄，不停地排列组合，从钱币堆里按图索骥，依照硬币时间、形状、材质和面值，各选一枚次第摆放，形成几条盘旋的长龙。

轻轻拾起几枚熠熠生辉的硬币，任思绪游走在岁月的长河中。

1982 年二分硬币

1982 年，改革的春风吹遍神州大地，包产到户，村民的脸上洋溢着幸福的微笑，每家每户分到了属于自己的土地和牛羊。记得我家和伯父家共分了一头牛，春耕抢种时节每家一天轮流耕作，相互帮忙施肥下种。孩子们干不了农活，就趴地上捉虫子，听布谷鸟歌唱，或在树上挂条绳子荡秋千，等耕作结束后争相去放牛。放牛容易，把牛拴在树下拔点草喂饱即可,回家时还能爬上牛背体验一下牧童骑黄牛的感觉。放羊着实不容易,家里分了四五只羊,两个孩子都看不住。经常是人在前头走,羊往后面跑;人在后面赶,羊在前面跑。几只羊好像故意与我们斗气似的,把我们累得上气不接下气。想想干脆给村里羊倌几个二分硬币,让羊倌帮着放便是。看着羊温顺地跟在羊倌后面,好生羡慕钦佩,不由得感慨别人能轻易完成的事情在自己这里却如此艰难。

父母为了让我们安心上学,把家里的羊托管给别人。相比放羊,上学可是十分轻松的事情。虽然家与学校距离较远,需翻越两座山,跨过两条沟,横穿一段沙漠地带,但对知识的渴求和想走出大山的强烈愿望激励着孩子们每天早早起床,吃过饭三三两两相伴而行。

漫长求学路上,有的男生在滚铁环,有的在聊天,有的用泥巴捏制造型各异且能简单吹奏的手工艺品,心灵手巧的捏一个还能卖二分钱。

一天,一个小伙伴带着一个用竹子做的火柴盒,见惯了泥制品的我们对这个十分好奇,跟着这个小伙伴反复观摩,爱不释手。正好我兜里装着几枚二分硬币,我试着问二分钱卖不，小伙伴丝毫没有犹豫，爽快地答应了。这样我便以二分钱买下了这个竹制火柴盒。

回家后越想越后悔，仅有的几枚硬币就这样少了一枚，于是想退掉火柴盒，索回二分硬币。我拿着火柴盒匆匆赶往同学家，到了他家门口却没勇气进去，思考再三还是转头往回走，就这样踌躇在黄土路上。

几片云彩胡乱涂抹在天际，太阳直射下来，黄土路上蒸腾着阵阵热浪，虽然有山风吹过，脸上还是火辣辣地疼，树上的鸟儿叽叽喳喳好像嘲笑我的怯懦。村民家烟囱里的烟由浓转淡，最后变为青色，该到吃饭的时间了。

拖着疲惫的身子回到家，父亲看出我心事重重，我只好如实告诉了父亲。父亲语重心长地说："孩子，我们农村人做人要踏实讲诚信。男人一言，驷马难追，买了就坚决不能反悔。"听了父亲的话，我羞愧万分，但也如释重负，半天的焦虑顿时烟消云散。再次仔细观察这个竹制火柴盒，外观呈椭圆形，顶端有个小插销，可装火柴也可装其他小东西。火柴盒纹理细密、质地坚硬、做工精细，堪称一件漂亮的艺术品。从书本中得知梅兰竹菊是花中四君子，竹子最有气节而又虚怀若谷，"虚心竹有低头叶，傲骨梅无仰面花"。做人做事何尝不应学习竹子的精神,这样想着顿觉心旷神怡,"独出门外望野田,月明荞麦花如雪"。今年风调雨顺,庄稼长势喜人,荞麦花香浸着黄土的气息扑面而来,沁人心脾。月朗星稀、树影婆娑,几声狗叫更烘托出夜的静谧安详。

二分钱的火柴盒给我上了人生重要的一课,可心里难免惦记,毕竟缺钱,裤兜常常比脸还干净,好在有希望把二分钱拿回来。

那时没有更多的玩具,因而"打钱"成为孩子们的一种娱乐方式。在相对平坦的地方划一个直径大约为一米的圆,每人在圆心放一枚二分钱硬币,然后在距圆十米远的地方划条线,用铁制的坨,我们称之为"铀子",向圆心方向投掷,依照铀子离圆心的远近决定打钱的次序,距圆心最近的先打,距圆心最远的最后打,谁把硬币打出圆圈硬币就归谁所有。刚开始我找不到窍门,铀子在手中"嗖"一下就飞出去,结果"失之毫厘,谬以千里"。后来练得多了熟能生巧,我不断摸索,归纳总结,发现打钱时要全神贯注、平心静气、心无旁骛,不要贪图太多,不要想着把所有的钱打出去,这样难免心浮气躁、心慌手抖、事与愿违。若只想着自己的二分钱,那就站稳脚跟、控制情绪、目不斜视、选准角度，拿捏好铀子棱角，选好出手时间，这时一道弧线划过，硬币声音四起，压线的放回去，圆外的全拿走，圆内的留下继续打。

一圈打完，看着手里一枚枚二分硬币，感觉这不是打钱而像打仗，目标明确还要苦练基本功，凝神静气且不能操之过急。

手头有了钱必须潇洒一下，最好的消费方式就是赶集。乡上逢五是集，村民农闲时扶老携幼全村出动，有的去买些生活用品，但很多还是去看热闹。一条土街全是熙熙攘攘的行人，摆摊设点的商贩排列在街道两侧，外乡来卖饭的集中在一个土梁附近，就地挖个坑支起锅灶，卖水的云集在一行高大的绿杨树下。孩子们不奢望去卖肉的地方，身上带的钱只能买个香瓜或西红柿，口渴了就来到大树下买水喝。大树下全是卖水的，这些果汁水是深井水加糖精和香料制成的，有红黄绿三种颜色。孩子们挨个摊位看，货比三家，精挑细选各自喜欢的颜色，有钱的喝五分钱一大缸的，没钱的喝二分钱一小缸的。因为打钱赢了几个硬币，我当然就喝一大缸的，一缸下肚全身舒坦，感觉人生最幸福的事莫过于在口渴难耐时美美喝一大缸糖精水了。

　　吃饱喝足之后躺在树下畅想未来。微风过处，树叶沙沙作响，一枝一叶娇翠欲滴，形成巨大的伞盖，太阳根本无法照射进来。我摸着口袋里剩余的几枚二分硬币悄然进入梦乡。

　　二分硬币给了我启迪和教育，给我的童年带来了欢乐和梦想，激励我用智慧和勤劳去改变自己和家乡贫穷落后的面貌。

1992 年二角硬币

　　1992 年，又是一个春天。村庄通了电，洁白的灯光照亮了整个小山村，照亮了老百姓的心。小山村从此告别了点煤油灯的历史，村民奔走相告，以载歌载舞的方式欢庆通电。孩子们再也不用"凿壁借光"，趴在昏暗的煤油灯下苦读四书五经。

　　村里人生活水平有了很大改观，粮食产量逐年攀升，温饱问题解决了，大米、白面逐渐走上餐桌，村民不再满足于传统的玉米、高粱、糜子等粮食作物的种植，开始尝试大面积种植土豆、向日葵等效益好的农作物，为充分利用土地,田埂上再套种些豆子。

盛夏的小山村繁花似锦,紫色的土豆花像蝴蝶展翅欲飞,淡蓝色的黄豆花娇艳欲滴点缀其间,小蜜蜂肆意飞舞在五彩缤纷的花丛中,燕子仿佛衔着白云上下翻飞,这一切形成动静相宜、景色绝美的乡村水墨画卷。

远山如黛,农民在田间地头开始算计一年的收成,按正常市场行情,土豆每斤卖二角五分,豆子六角多,葵花籽稍贵一点,这样,收成好的庄户人家一年的收入可以过万,除了正常的开销外还有盈余。

夏日的小县城车水马龙,露天舞场播放着风靡一时的流行音乐,五湖四海的人冲着丰富的资源而来,能源开发如火如荼,乡村处处呈现出一片繁荣的景象。我们要备战高考,只得两耳不闻窗外事,一头扎进书海,犹如山间溪水,心已向往大海,就不再眷恋路边的花花草草。只有到周末才忙里偷闲听听《小芳》,看看电视剧《射雕英雄传》。

学校晚上10点半熄灯,为了消化课堂所学的知识,只得秉烛夜读。一支蜡烛二角钱,虽然不贵,但光线太暗,点两支则有点浪费,所以几个同学凑在一起相互借光。

学习累了出去犒劳一下自己,校门口春江饭店一碗烩豆腐四角钱,一个馒头两角钱,这样就度过了一个舒心的周末。学生灶上伙食也不错,一周有两顿馒头和一顿大米饭。父亲知道我学习很累,经常带着做好的肉跋山涉水几十里送到学校,我常常感动得热泪盈眶。

功夫不负有心人,我们顺利度过了"黑色的七月",接下来,尽可安心帮家里干些农活。

秋天的村庄处处染上一层秋的色彩,熟透的瓜果香气四溢,金黄色的糜穗迎风摆动,黑宝石般的荞麦籽紧紧簇拥。村里人全部在田间地头忙着收获辛苦了一年的劳动果实,金灿灿的玉米棒堆得满地都是。我忙着把收割的糜子捆好立起来,把挖出的土豆按大小分类定级装进编织袋,累了就直起腰欣赏一下袅袅炊烟、大雁南归,于云淡风轻中收获了希望,憧憬着未来。

二角钱的蜡烛燃烧了自己也照亮了别人,照亮了漫漫人生路。

2002 年五角硬币

2002 年,村民尝试着发展温棚产业,温棚种植效益明显。大田辣椒每斤卖五角,温棚辣椒在冬春季上市每斤可卖到两元，一亩温棚种植两季可收入万元。可是农民由广种薄收粗放种植一下跨越到精细化产业化发展，缺乏必要的田间技术管理知识，萝卜在几片叶子时才能浇水，玉米在蹲苗期间能不能大水大肥，辣椒如何定植，如何施肥浇水控制温度及防治病虫害，这都是亟待解决的问题，有时收获在望却因高温或突然降温而损失惨重。因而我经常带着技术员走村入户给农民耐心细致地讲解栽培技术，怎样建棚，墙体应该多厚。控制草帘覆膜压线也至关重要，既要保温还要防止大风袭击。

温棚里白色的辣椒花藏于绿叶之间，从"门椒""对椒""四门斗""八面风"到"满天星"，像绿翡翠吊坠挂满枝头。虽然热得满头大汗，但枝枝叶叶总关情，我仍不厌其烦地看看温度计，看看辣椒叶面是否生病。看着一筐筐卖出去的辣椒，我与农民一样喜上眉梢。

帮助农民种植是我每天最重要的工作，同时政府迁址工作也摆上重要议事日程。农民的耕地不能占用，经过讨论决定把政府迁址选在村子里一座沙山上。刚开始好多人认为这是天方夜谭，想移走这样一座沙山不亚于愚公移走太行王屋二山，好在这里 20 世纪六七十年代曾夺过全国引水拉沙的第八面红旗,有好的经验可以学习借鉴。

然而把想法变为做法,迈出第一步还是一个破茧的阵痛过程,既要有敢于第一个吃螃蟹的非凡勇气,还要有愚公移山的坚定毅力。因此,乡村两级干部召集有引水拉沙经验的老同志一起研究拉沙方案。经过充分论证,决定在地势最低的地方打一个拦洪坝。如果拉沙成功既可解决政府迁址用地和小城镇建设用地,还能给老百姓淤地两千亩。

知易行难。准备工作必须充分细致,尝试用挖掘机在山顶挖个特大的坑,然后把河水抽到坑里形成堰塞湖。清澈的河水不断喷涌而出,让人叹为观止,几个时辰后如绿宝石般的湖面在山顶形成。微风徐来水波不兴,看着如镜的湖水,静待奇迹发生。有经验的同志朝着淤地坝的方向打开一个缺口,湖水瞬间卷着泥沙像脱缰的野马向山下狂奔而去。每个人竭力用铁锹把松软的沙子推入水流中,淤地坝附近则有民工和装载机严阵以待,防止堤坝被冲垮。随着一次次的冲刷,一条条纵深的沟壑已形成,随处可见的塌方被呼啸而过的泥浆轻松卷走。

为了加快拉沙进度,同志们在不断探索更加切实可行的办法,研究在哪里开沟打坝,哪里挖湖放水。经过一段时间的实践探索,同时可打开几个缺口。缺口一开,泥沙气吞万里,向四周奔涌而下。漫山遍野都是卷着裤管光着脚丫,头戴草帽手挥铁锹忙碌的人们,根本分不清谁是干部谁是民工。

政府新址距旧址较远,吃饭只能在工地,一个碗口大的馒头五角钱,干部与民工一样用带着泥巴的手抓起馒头,能吃几个就吃几个,于风餐露宿中感受别样的风味。暴雨来临时就躲在帐篷里,忙得不可开交时,附近村民有时也会过来帮个忙。

办法总比困难多,困难总比想象的多。随着山顶逐渐被拉平,坡度降低,水流速度减缓,遇到黏土层,水就白白流走,浪费时间和金钱。干部不得已全跳到水里,用铁锹捅破黏土层,这样也带来了意想不到的危险。有一次,所有人埋头挥舞铁锹,这时一个大的塌方形成,有几个同志一下被泥浆卷走,大伙惊慌失措,火速跳出沟渠,大呼小叫向下游跑去。我的脑袋"嗡"一下一片空白,懵了一会儿也跟着跑,沿着泥石流方向一路寻找。好在绝处逢生,化险为夷,四个人在水流平缓处自行爬了上来,一个个像会眨眼的兵马俑。

吃一堑，长一智。这次突发情况之后，乡上反复强调要工期更要安全，考虑时间和精力，坚决不能打持久战，晚上分两班去看守。

漆黑的夜晚最难熬，不仅要忍受蚊虫叮咬，还要小心谨慎看好水坝，丝毫不敢懈怠。有一次溃坝，泥浆灌进了百姓家。因此，即使在夜阑人静时，我们也没有闲情逸致去欣赏月上柳梢头。累了一晚，早上五六点回到乡政府，倒头便可以睡得昏天黑地。

经年累月的日晒雨淋、披星戴月，换来的是几千亩平坦的土地和百姓的赞誉。我常常情不自禁地慨叹"如有移山志，没有不平山"。想到此，自豪感油然而生。

工作之余回到村里，到田间地头看看庄稼的成色，问问村民的收入。家境殷实的村民陆续搬离了土窑洞，到平缓的山脚居住。每当夜幕降临，山脚下村民家的灯火次第点亮，像一颗颗璀璨的明珠，再也看不到旧时那若隐若现的煤油灯光了。

五角钱是自己秉持为民务实的情怀，同时为自己平添了勇气、毅力和担当。

2014 年一元硬币

2014 年，小山村的面貌发生了翻天覆地的变化，村民全部住上了宽敞明亮的楼板房，用上了清澈甘甜的自来水。家家户户院子里有个小菜园，生火时也来得及择菜做饭。

春天来临、绿意萌动，各色小花次第开放。退耕还林时种的杏树已长到 3 米多高，橘红色的花蕾有序排列在枝头，向阳坡的杏花耐不住寂寞竞相开放，白色、粉红色的花瓣随风飞舞，把山野装点得更加梦幻。

春耕播种时节也没有过去繁忙了，半机械化作业替代了传统的牛耕驴拉耕作方式，犁地覆膜点种全由机器代劳。政府免费帮农户犁地，很多青年劳力彻底从土地上解放出来，也有不少人把闲置土地流转给本村的种植大户，到城里陪孩子上学或做生意。

偶尔回到儿时居住的土窑洞前，看看遒劲的大槐树，山间的羊肠小道，这一切如同辘轳井一样永远留存在我的记忆里。

如今，孩子们再也不会像过去那样为几个二分硬币纠结了，他们的兜全鼓起来了，模仿大人把找零的一元硬币

　　或更多的钱主动捐赠给需要帮助的人。

　　一元硬币让自己懂得了感恩，也有了对美好事物的不懈追求。

　　这些被收藏的硬币把我的思绪带回从前，走过的每一段如诗如画而又值得永远铭记的峥嵘岁月。

　　2014年之后收藏的硬币越来越少。我问妻子："现在实现了无现金交易，一部手机走天下，交易全靠微信支付宝，无须找零，你可再收藏不到更多硬币了"。妻子笑而不答，拿出一堆旧手机。我一看眼睛都绿了，她总是这样令人惊喜不断。

　　妻子是个有心人，收藏的一枚枚硬币，穿起的不仅是岁月，更是对美好往事的回忆，幸福何尝不是这样点点滴滴收藏的呢。

阳台落只快乐鸟

闲来无事,拾起一本《最美的散文》品读,不经意间发现二楼邻居家的阳台上落了一只鸟儿,不知它叫什么名字,何时从何处飞来,只见鸟儿在那里东张西望。我轻轻地放下书,慢慢向前挪了一下身子,唯恐惊飞了它。鸟儿似乎也发现了我,但只是侧着头看了看,并没有要飞走的意思,大概鸟儿明白我对它构不成伤害,所以才勇敢地落在了这个阳台。

鸟儿的羽毛并不华丽,背部呈淡灰色,腹部浅白,喙短而微红,小小的眼睛眯成一条缝,极像二人台喜剧演员的脸谱。鸟儿通体灰白,唯有颈部有海蓝色点状图斑,与一些白色的小斑点相互映衬,像佩戴了一条雅而不俗的精致项链,美得那么和谐、质朴、自然,无疑是造物主的神来之笔。

这只鸟儿如喜鹊般大小,只是尾巴没有喜鹊的尾巴那么长,体态也不像小燕子那样呈流线型,而是属于"心宽体胖"的那种。

过了一会儿,鸟儿好像也放松了警惕,无视于我的存在,怡然审视着这个神奇的世界,眼神是那样的敏锐。鸟儿就这样悄悄地飞来了,没有像喜鹊那样叽叽喳喳一出现就想让全世界都知道,没有像麻雀一般喋喋不休、惹人烦恼,它只静静地立在雨棚上,偶尔抬头看看铅灰色的天空,轻轻抖落一下星星点点的小雨,并用喙梳理一下颈部的羽毛。看样子鸟儿并不急于归巢。它或许能够真切地感知到大自然的脉搏与昼夜的更替、四季的轮回;能看到在梧桐叶落时闪现着春天的身影;能听到海边浪花与沙滩的呢喃声;能理解密云背后便是和煦的阳光;能读懂哪片云带雨,哪片云挂风,哪片是没有危险的天空,哪片是要归宿的山林。它只是不愿被同伴打扰,选择了这块小小的阳台,静静地在微雨中把时光幻化成风景。

这只鸟儿没有像布谷鸟那样忙碌,没有像寒号鸟那样窘迫,没有像杜鹃那样悲情,更没有像海燕那样迎接雷电、搏击长空。它只是想找个最美的地方嘴撷绿意、羽驭微风,径自停憩下来看风、看雨、看云。此时,这个阳台就是鸟儿的,这片风景也是鸟儿的,包括鹅黄的梧桐叶、青青的小草、金色的秋菊,墙角斜倚的玫瑰和身后积水中自己的倒影。

我从来没有这么近距离、长时间地去观察过鸟儿。我在窗边悄悄地观察鸟儿,鸟儿在窗外默默地观察着这个世界。鸟儿有时也侧侧身子、挪挪脚步,变换一下体位。很难猜想在鸟类眼中的人类是什么样的,或许在鸟儿眼中没有贫穷与富有之分。比如小区通道上刚刚驶过一辆红色的跑车,鸟儿似乎漠不关心,只是轻轻扭了下头,任跑车携裹着满地的梧桐叶绝尘而去。大概在鸟儿看来,这辆跑车与刚刚经过的垃圾清运车并无不同,甚至汗流满面的搬运工与头顶着超过自己数倍体重物体的蚂蚁一样,都在为生存负重前行。

清风起,梧桐树枝不停地摆动,惊动了林间小憩的几只鸟儿,扑棱棱飞过头顶。风儿吹乱了一只鸟儿背部的浅灰色羽毛,它几欲飞走,但随着阵风的减弱又停了下来。

"啾啾,啾啾",好像是因为马路对面同伴的召唤,这只鸟儿快乐地起飞了,呼吸着清新的空气,沐浴着轻柔的雨,乘着自由的风,飞向了远方辽阔的天空。

指尖的记忆

每当看到食指指尖这道浅浅的疤痕，记忆之门便被打开。

儿时山里的孩子没有很多的玩具可以玩。滚铁环、丢手绢，还有赶陀螺（俗称毛猴）是男孩子乐此不疲的游戏。那时我非常羡慕二叔家柱子的陀螺，那个陀螺是二叔的杰作，柱子经常拿到伙伴们面前炫耀。只需轻轻一鞭子，陀螺就像龙卷风一样快速地转动。因此，我有事没事总往二叔家里跑,渴望二叔也能给我削一个陀螺。

二叔是远近闻名的木匠,不管多粗笨的木头,在他的手中都会变成精巧的器物。对于二叔这样一个能工巧匠,削一个陀螺不费吹灰之力,但二叔要忙着给别人家赶做定制的木活来养家糊口,因而无暇给我削陀螺。我也不敢私自动二叔的斧头,听二叔说他的斧、刨、锯、锉都是古代一尊尊神的化身,谁敢乱动,神就会惩罚谁。

后来,我的耐心和坚持终于感化了二叔,二叔忙里偷闲给我削了一个陀螺。我如获至宝,迅速回家用刀小心翼翼地在底部抠了一个小坑,在里面嵌了一颗钢珠,这样可以减少陀螺底部与地面的摩擦,同时增加陀螺的稳定性。我想这么"帅气漂亮"的一只陀螺,不能憋屈在小小的院落中,应该给它一个更大的舞台和更广阔的空间,我也要像柱子一样在伙伴中美美炫耀一番。于是,我迫不及待地来到村里的打谷场,这里平整开阔,是孩子们闲暇时驱赶、比试陀螺的理想场所。

我的陀螺果然不负所望,鞭子一扬,便像一匹脱了缰的野马纵横驰骋、迂回包抄于各个陀螺之间。其他陀螺避之唯恐不及。而快速旋转带动的清风似乎有排山倒海之势,让鸟儿忘记了鸣叫、风儿停下了脚步、云儿跌落在山腰。小伙伴们情不自禁地围过来观看我的陀螺,最后打谷场上驱赶、比试陀螺的表演变成了我的陀螺的独角戏。这只陀螺像一个有灵性、永不知疲倦的战神,指哪打哪、攻无不克、战无不胜,身体承受着鞭抽的痛楚,灵魂却在高傲地飞翔,它的使命就在于不停地旋转。

经过无数次比试,只有柱子的陀螺可以与我的陀螺一决高下,但两强相遇难免两败俱伤。因此,我与柱子心照不宣,避免正面交锋,均在自己的圈子内保持着冠军的名头和炫耀的资本。

然而好景不长,一天我的陀螺不见了,我发现强子驱赶的陀螺是那样的威猛,大小、形状和旋转的速度简直和我的陀螺一模一样。我怀疑是强子偷走了我的陀螺,只是强子的陀螺涂抹着红蓝相间的颜色而让我无法确认。为确保万无一失,我偷偷地叫来好朋友虎子,虎子十分肯定地说:"这个陀螺肯定是你的,强子涂抹了颜色,给它化了妆,这不明摆着是做贼心虚嘛。"虎子又喊来三娃,三娃仔细观察了一会儿斩钉截铁地说:"看这陀螺旋转带动的风和那优雅的舞步以及那威猛的劲头,千真万确是你的陀螺。看那陀螺好像认识你似的一直往你身边转呢。"我也在反复观察旋转的陀螺,看着强子若无其事的样子,暗自佩服强子良好的心理素质,懊悔当初没有在陀螺上刻上名字或做个标记。

心爱的陀螺丢了,再不好意思劳烦二叔了。我只好亲自动手制作一个陀螺。一天去舅舅家,我和表弟挑选了舅舅积攒的最好的一根柳椽制作陀螺。正当我聚精会神地削砍柳椽时,跑过的一只小花狗吓了我一跳,我削到了手指,顿时鲜血直流。表弟惊慌失措,我也顾不得疼痛,当务之急是想办法止血。我猛然想起小朋友经常用火柴盒皮止血,于是表弟飞快地取来火柴盒,并将火柴盒皮敷在我的伤口上,总算止住了流血的伤口。

我们的异常举动引起了舅舅的注意,当他走过来看到地上被砍断的柳椽时怒不可遏,严厉地呵斥着我俩。这柳椽是舅舅要给表哥盖新房时用的珍贵木头。我俩知道闯了祸,默不作声,不敢对视舅舅那严厉的目光和阴沉的脸。僵持了一会儿,母亲见状过来帮着舅舅训斥了我俩,好给舅舅一个台阶下。我当时认为舅舅特小气,不就一根柳椽,值得小题大做吗?长大后,我才渐渐理解了对于祖祖辈辈穴居黄土坡而身无分文的他们而言一根柳椽的意义,明白了不能把快乐建立在他人的痛苦之上的道理。

　　我制作的这个陀螺由于削砍不均匀、重心不稳，爬坡过坎、持久防撞的能力远远不及丢失的那个陀螺，因而对那个陀螺更是挂念，不觉萌生了一种挫败感和淡淡的忧伤。然而，有一天我在抽屉里无意发现了那个自认为被强子偷走的陀螺，顿时感觉脸红心跳。我既为找到心爱的陀螺而激动，又为冤枉了一个好朋友而感到无比愧疚。之后，我再没有拿出这个给我带来欢乐，满足我儿时所有虚荣心的陀螺。

　　那年二婶走了，我回去见到了二叔。他佝偻着身子倚靠在墙角，发紫的嘴唇哆嗦着，混浊的泪水在无声地流淌。我从未见过二叔流泪，甚至没有见过二叔悲伤，或许二叔把一生留在心中的眼泪最后全部还给了二婶。我打算过去安慰二叔，平地骤然卷起一阵旋风，二叔见机揉了揉眼睛，冲我笑了，我紧走几步握住二叔干枯的手，跟着二叔一起笑了，内心却五味杂陈。我蓦然觉得生命在一哭一笑之间犹如刚才平地卷起的尘烟，不管来势多猛，最终都尘归尘、土归土。

　　后来每逢春节，我都回去看看二叔，偶尔提及陀螺的趣事。二叔总是眯着眼微微一笑,似乎忘记了,似乎又在努力地回忆着。

时光荏苒,岁月流走。然而指尖的记忆似那弯浅浅的月儿照亮着儿时的每一个梦想。

那一朵飞逝的铁花

三叔是远近闻名的铁匠，长年累月的烟熏火燎，使皮肤乌黑发亮，隆起的肌肉宛如一块久置的生铁疙瘩。三叔随意一站就能站成一座沉默的铁塔，一双铜铃般的眼睛不怒自威。三叔不善言谈，一生靠铁锤来说话。

三叔的铁匠铺非常简陋，于院落西南角高高的土墙上混搭几根柳椽，上面盖几张破旧的油毛毡遮风挡雨、阻隔阳光,铁匠铺里放置了一个风箱、一个火炉、一个铁砧。墙角几丛五颜六色的格桑花默默地记录着三叔每天的晨起晚睡。"铸铁作锄犁,春耕待秋收。"

听说三叔的父亲是方圆几十里有名的铁匠,因为孩子多,靠打铁难以养家糊口,于是拖家带口来到遥远的深山老林以开荒、狩猎为生,将打铁的衣钵传给了三叔。铁匠铺每天传出锤与铁撞击的"咣当咣当"声,经久地回荡在群山之中,应和着村口古老的钟声和山脚辘轳井的"吱咕吱咕"声,给沉闷的小山村平添了动感与活力。

每天来铁匠铺的人络绎不绝,有的是闲着没事来和三叔唠嗑的,但大多数人是来修理农具的。一群光着脚丫的孩子成为铁匠铺里最忠实的看客,每天早早地来,一待就是大半天。孩子们来了之后总是好奇地围着火炉,目不转睛地看着三叔把铁块埋到炭火中,然后悠悠地拉着风箱,吧嗒吧嗒地抽着旱烟,待到钦块烧到红得像炉火时,铁牛霍地站起抡圆铁锤,孩子们迅速跑开,唯恐被飞溅的铁花灼伤,尔后再度快速聚拢,如此往复。

刚开始大伙还搞不明白为什么三叔和铁牛不言不语却配合得如此默契。经过长期仔细观察,发现他们彼此靠风箱和铁锤来完成心灵的沟通、交流。当烧红的铁块该出炉时，三叔把旱烟锅搁到一边，左手握着长长的火钳紧紧夹住铁块，右手的风箱"呼嗒呼嗒"短促地拉两下便拿起小锤，膀宽腰圆的铁牛应声而动，铁锤抡得呼呼生风。三叔则聚精会神，左手的铁钳灵活地翻转着铁块，右手的小锤巧妙地指挥着大锤的起落，红彤彤的铁块在铁锤和铁钳下被驯服得就像巧妇手中柔滑的面团。

当铁花渐少，铁块的颜色由红慢慢变青，无须重锤猛打，三叔用小锤轻击一下铁砧砧耳的平面，铁牛就知道该放慢速度了，自然切换为轻敲碎打。当捶打的铁块温度降了下来需要再次回炉升温时，三叔用小锤"叮叮叮"轻敲几下砧耳，铁牛便明白这一轮"打击乐"到此为止。

打造一件铁器需要反复煅烧、反复捶打。关键的一道工序是淬火，需要把成型烧红后的铁器迅速置入凉水中，只听"刺溜"一声，一股青烟升起，一件成熟的铁器算基本完成了。最后一道工序便是挫与磨了。每每暗自惊叹温柔的水的神奇与魔力，至柔的水能使至刚的铁变得更加坚硬。

传说古代一流的铸剑师铸造一把绝世宝剑常常需要

用鲜血和生命。三叔则用思想、灵魂锻造着每一件叉、锄、铲、耙。他一丝不苟、精益求精，恰到好处地把握火候和打击的力道，好钢能用在刀刃上，他的铁炉里永远不出残次品。

三叔没有文化，不知道干将、莫邪、欧冶子等铸剑名家，不懂江湖，但三叔懂生活、爱乡亲。邻居需要一些小刀、小铲，有钱的给钱，确实没有钱的三叔就让他们先用着。温情的铁锤悠悠地敲打着不老的岁月，锤炼着绚烂的生活，一朵朵绚丽的铁花肆意地盛开在每一个浪漫的季节里。

夏日的夜晚"炉火照天地，红星乱紫烟。赧朗明月夜，歌曲动寒川"。三叔的铁匠铺里没有歌声，只有那杆老旱烟锅簇起的一团小火映照着三叔刚毅的脸庞，微风携着清凉带走升腾起的缕缕青烟弥漫到深邃的夜空。炉火呼呼作响，轻锤起、重锤落，震得繁星乱颤，一簇簇飞溅的铁花如烟花般渲染了整个星空，铁锤下腾起的一颗颗火星像流星划破夜的幕幔，瞬息消失在广袤的天际。没有阳光的炙烤，这样的夜晚令人舒心惬意。

瑞雪纷飞时是打铁的黄金季节，暖暖的炉火温馨了整个寒冬，片片雪花飞入炉中难觅踪影。三叔和铁牛的大小铁锤叮当作响，铁锤划过的弧线割断片片飘逸的雪花，宛如打击乐中跳动的音符。朵朵铁花绽放在暮雪中，化成茫茫天地间一个个精灵。三叔像一位技艺高超的艺术家，用手中的铁锤精妙地演绎着大自然的华彩乐章。这里没有惊呼、没有赞叹、没有掌声。三叔和铁牛却像绝美的舞者，以天地为舞台，以飞雪做帷幕，以铁锤当道具，以铁花为灯饰，用灵与肉、力与美，舞得精彩绝伦、舞得地动山摇、舞得天人合一。不知道是铁花映照了雪花，还是雪花衬托了铁花，在天地中，美成了一道弧线。

　　然而，传统的锻造技艺渐渐地被现代化铸造技术取代。三叔走了，那一朵飞逝的铁花永远绽放在记忆里，成永恒。

穿越毛乌素沙漠

　　记得在我九岁那年,父亲要去远方的伯父家,我缠着他要随行。这是我第一次出远门,第一次徒步行走几十公里路。经过两天多的步行,我终于看到了渴盼已久的辽阔大草原和那湛蓝的天空、洁白的云朵、奔驰的骏马、悠闲的羊群,终于感受到了草原上轻柔的风。

　　草原的景色如此美妙,然而开学在即,为了节省钱和时间,父亲决定不原路返回,穿越毛乌素沙漠,这样走快一点当天就可以赶回家。

来不及等太阳升起,我们便带上水和干粮匆匆出发了。父亲先带着我爬上一座高高的沙梁,告诉我远方那个土墩就是前进的目标。我顺着父亲手指的方向极目远望,发现在沙海的尽头隐隐约约闪现着一个小小的土墩,听父亲讲那座山是家乡的夜墩山。相传在旧社会汉族的盗贼去蒙古草原偷盗牲畜,为了在草原上不迷失方向,就在山顶筑起一座高大的土台,每当夜幕降临,就点燃篝火指引回家的路。传说归传说,其实这个高大的土墩应该是远古时期蒙汉交界地带的古城墙或是一座烽火台。

绵延起伏的沙丘在晨光的映照下波纹诡异,对于从未到过沙漠也不知置身沙漠危险的我来说无异为一道绝美的风景。我索性脱下布鞋,光着脚丫一路追逐着甲虫或不知名的小动物的踪迹快乐前行。父亲也不多言语,只是默默地看着我在沙海中自由嬉戏,每当发觉方向偏离时就爬上附近最高的沙丘看看家乡那个土墩,以便及时校正行进的线路。

正午时分,火辣辣的阳光直射下来,沙粒反射着太阳刺眼的光芒,周围变得白花花的一片,沙丘上持续升腾着像蒸汽一样的热浪,灼烫得脸颊如刀割般疼痛。水壶里的水快喝完了,脸上不停地流着汗,体内储存的水分慢慢地被耗尽,脚像灌了铅似的沉重。黄沙被骄阳炙烤得如同在铁锅里炒过一样,脚板被烫得火烧火燎,我不得不穿上布鞋。曾经的浪漫与激情荡然无存,我受到的不再是沙漠的温柔与美丽,而是深切地体会到它的恐怖和死寂。只有倏忽跑过的甲虫、沙窝深处几丛小灌木和几朵不畏艰险尽情绽放的无名小花才给荒芜的沙漠平添了一线生机与活力。

脚下的路依然很长,好在远方的那个小土墩逐渐清晰起来,给了我继续前行的力量和勇气。行进的速度依然很慢,太阳毫不吝啬地把所有的光和热倾泻下来,整个毛乌素沙漠热得像一个硕大的蒸笼。

父亲看着我筋疲力尽,还在艰难地挪着脚步,带我来到一棵难得一见的小树下。一坐下我感觉浑身像散了架似的,倒头就睡着了。当父亲叫醒我的时候,太阳已经西斜,父亲说必须赶在天黑之前走出沙漠,这样才能脱离危险。

　　大概是熟睡了一会儿恢复了体力,抑或是看到土墩越来越清晰了,我顿时感觉脚步轻盈了好多。沙漠也好像温驯了不少,远远没有之前那么燥热了,但我的饥渴丝毫没有缓解,干涩的舌头粘住上颚,不得不张着嘴喘息。

　　远处的小灌木渐渐多了起来,我欣喜若狂,似乎看到了生命涌动的迹象。接着走,远处仿佛是一片绿洲。此时,我们已经走到了毛乌素沙漠的边缘,这里靠近一个被沙漠环绕的名叫尔林川的美丽幽静的村落边,眼前再现如茵的碧草、肥硕的牛羊和美丽的池塘。对于饥渴难耐的我而言,无暇顾及水质的好坏,迫不及待地掬起池塘里的水喝了起来,感觉这水是那么甘甜、那么沁人心脾。

　　我们还没有完全走出沙漠,所以还不能松懈,更不能留恋,必须加紧赶路,在太阳落山之前走出沙漠。夕阳已染红了半边天空,远方的那座山峰,还有那指引我们走出茫茫沙漠的土墩已清晰可见。大漠孤烟已幻化成独特的风景,我知道已走进故乡温柔的怀抱。我战胜了自我,完成了人生第一次艰难的沙漠穿越。

　　虽然过去了好多年,但那次穿越给了我很多启迪和感悟。人的一生不会顺水顺风、一路坦途,有时难免崎岖不

平、荆棘丛生，每当我们彷徨、迷茫时，不妨先停下前行的
脚步，爬到最高处看看指引我们正确前行的"土墩"。有了
清晰的方向和永不言败的毅力，我们何愁穿越不了心中的
那片沙漠。

村口这棵金榆钱

　　自记事起，这棵金榆钱就长在村口，树干遒劲，树冠如盖。万物复苏时，这棵金榆钱却不急于走进春天，静待山花次第开放，风雨把春意涂满枝丫，榆钱果才喷涌而出，如万花攒动瞬息挂满枝头。一树繁花一树春，半山烟雨半山晴。

　　金榆钱给小山村带来了一抹绿意和无限生机，成为村民心中的精神乐园。孩子们打猪草、拾柴火或帮大人干活累了,就会来到树下纳凉玩耍。微风过处,榆钱果如花絮纷纷飘落,但丝毫不影响树下乐此不疲玩丢手绢、滚铁环、掼纸牌的孩子们,有的孩子竟然头枕泥沙在花团簇拥中睡得昏天黑地。孩子们饿了索性爬到树上摘榆钱吃。物资匮乏的年代,榆钱成为不可多得的美味。

男人们大多在农田里干活,偶尔到榆钱树下小憩片刻。父亲为了让全家人吃饱,整天把东山的日头背到西山,农忙时节无暇顾及我,只等月朗星稀或风起云涌时才匆匆把我从金榆钱下找回。

疏影横斜,暗香浮动。金榆钱以风为笔、以云为纸、以雨为墨书写儿时的饥与饱、苦与乐、悲伤与幸福,同时见证着小山村的沧桑巨变。

渐渐地,在金榆钱下玩耍的时间越来越少了,我要去离家很远的地方读书。临走前,父亲不多说什么,默默地把省吃俭用攒下来的粮食或炒或磨或蒸做成"干粮"塞满我的书包,然后把我送到村口的金榆钱下,嘱咐我要吃饱,注意身体,好好学习。我向父亲挥挥手,踌躇满志地踏上求学之路,偶尔回头远远地看见父亲依然站在那棵金榆钱下。

"独在异乡为异客"久了,见父亲的次数愈来愈少了,对父亲的思念愈发浓烈，每次回家都有种"漫卷诗书喜欲狂"的莫名冲动。每次回去，父亲都是早早等候在村口那棵金钱榆下，喜悦之情溢于言表，从头到脚不停地打量我，不停地嘘寒问暖，端茶倒水，忙前忙后。临行前，父亲再依依不舍地送我到金榆钱下，叮咛我抽空多回来。蓦然发现父亲两鬓的白发和眼角的泪花，我只能强忍泪水，移动着犹如灌了铅的脚步。

后来，父亲患了老年痴呆，听姐姐说父亲过一段时间见不到我就显得有些烦躁，总问我什么时候回来，不停地念叨着我的名字，在金钱榆下徘徊、张望、找寻。渐渐地好多人好多事淡出了父亲的记忆，唯独我留在父亲的脑海里。起初，我坚持每天给父亲打个电话问候一下，重复着："你吃了没有，今天天气怎样，你在干什么呢？"父亲认真地回答着，显得特别高兴，像看到我似的。后来父亲不会接电话了，于是我忙里偷闲赶回老家看父亲，每次回去总能看到父亲孩子般的纯真笑脸。父亲行动不便，每当我要离开时他依然颤巍巍地送我到金榆钱下。我不忍心也不敢回头看父亲，我怕父亲看到我流泪会更加伤心，就这样抹着眼泪匆匆走出父亲的视线。

再后来,父亲的意识逐渐模糊,每次看到我动身就本能地站起来要相送,我不得不给父亲撒谎说去市场买菜,父亲信以为真,我悄悄收拾行李默默地驻足于金榆钱下,欲走还留,欲说还休。只有这棵金榆钱依然静守在这里,每一片叶子在倾听别时的声音,每一个枝丫在诉说岁月的艰辛,每一圈年轮铭刻着如烟往事。

总认为父亲会像这棵迎风雨、顶烈日的金榆钱一样在这片浑厚的土地上顽强地生存,会等到我送他最后一程,但父亲走了,匆匆地走了,在那个令人伤心的冬天。金钱榆仿佛悲伤地蜷缩着枝丫在寒风中鸣咽。

思念父亲的时候回去看看这棵金榆钱,依然有村民在金榆钱下把酒话桑麻,依然有好多陌生的童真面孔,但不必去想,不必去问。

年年岁岁花相似,岁岁年年人不同。唯有村口这棵金榆钱留在岁月里,留住思念。

唯愿这棵金榆钱,永远长在村口,永久地长在记忆里,长成永恒!

妻子的臭骂

"喂,你出差了?"妻子发微信问我呢!

"嗯,是的。"我有点莫名的激动,看来几天不见彼此还是非常挂念的。古人云:"少时夫妻老来伴。"说得一点都不假。

我正打算兴致勃勃地给妻子回微信时,妻子火速发过来这样的文字:"喂,你啥人?家里弄得像猪窝,衣服堆成山,垃圾不分类,再这样你别回来了,干脆把你丢进灰桶桶。"

妻子连珠的话语像一梭子子弹,打得我虚汗直冒。我知道闯下大乱子了,出差时走得急,忘记了丢垃圾,大热天肯定臭气熏天了!"听话听音,打锣听声",妻子骂得那么严厉,急得语无伦次,百分百生气了。更为严重的是,妻子要把我丢进灰桶桶!谁都知道在垃圾分类成为新时尚的今天,把垃圾丢进灰桶桶就意味着不再回收,妻子盛怒之下竟然要把我丢进灰桶桶,这不是和尚头上的虱子,明摆着吗,傻子都能听出几个意思!

我很快意识到问题的严重性,当务之急是不回避、不逃避,要敢于直面问题、知错即改。当然缓和气氛是必要的前提。我以无比虔诚的态度,充分动用三寸不烂之舌,动之以情、晓之以理,达到春风化雨的目的。当一切平静后,我开始反思,何不换位思考一下?妻子整天洗衣做饭、勤俭持家,其实挺累,不当家不知柴米油盐贵。

细细想来,妻子骂得非常正确,垃圾分类不可小觑,这是事关国计民生、资源可持续利用的头等大事。

我们国家虽然地大物博、人口众多,但人均占有资源相对较少。垃圾分类既可以减少环境污染,还可以节约自然资源和人力成本,最大限度地把有限的资源留给子孙后代。

妻子的这次臭骂,骂得我醍醐灌顶,骂得我醒悟了、顿悟了、彻悟了。

其实,保护环境,保护生态是每个人义不容辞的责任。我们常常教导孩子养成良好的习惯,不要随意乱丢垃圾,一定要把垃圾扔到对应的垃圾桶里,但作为家长的我们何不身体力行、率先垂范,成为垃圾分类的知晓者、倡导者、践行者。

让全社会自觉参与到垃圾分类的阵营中来,以实际行动守护我们美丽的地球家园。

乡上来了村干部

　　一些微不足道的小事，成为我抹不去的记忆。这些小事如"绿蚁新醅酒"的馥郁温馨，秋野花草的淡淡余韵，雪中咖啡的浓滑醇香。

　　乡上来了村干部本是顺理成章的事情，无须大惊小怪。但是对乡干部而言，乡上来了村干部无异于逢年过节，因为在这一天不仅可以完成"催粮要款，引产"等常规工作,还可以解决其他一些琐碎事情,包括一些迫切的民生问题。

20世纪90年代,北方的好多乡村依然坐落在浑厚的黄土高原的褶皱里,似旷野中一棵棵孤独的树,无法在风花雪月中静候出春天的身影,又仿佛女娲补天遗忘的一块冥顽的石头,任风吹雨打、日晒雨淋,始终等不来一线生机和希望。

改革的春风似乎难以吹醒这块尘封千年的冻土,贫穷和落后依然镌刻在白山黑水之间。一条条弯曲的羊肠小路一头连着薄田数亩,一头连着祖辈留下的一孔孔乌黑的土窑洞,默默地诉说着村民生活的不易和生存的艰辛。

乡村道路是有的,但大多数是坑坑洼洼、崎岖不平的黄土路,很多路段常年被黄沙吞噬掩埋,上坡不易下坡难;雨季来临或山洪暴发,连穿行在大山中带斗篷的载人三轮车也无法正常运行。交通的滞后、信息的闭塞,严重制约了村民与外界的联系。乡上的一部老式手摇电话只能连接县城一些特定的单位,与村上联系全靠捎书带信或进村入户。下乡靠走,打招呼靠吼,是那个年代最鲜明的特征。干部进村一去几十里,常住八九天,风里来雨里去,顶严寒、冒酷暑，披星戴月、忍饥挨饿也属正常。干部每次下乡都愁云惨淡，总有一种"蜀道难，难于上青天"的畏难情绪。

山里人的物质生活相当匮乏，但精神生活非常富足，除了疾病和死亡之外，好像再没有什么能压垮他们。无论风从哪儿吹来、云从哪儿飘过，他们依旧日复一日地把东山的日头背到西山，把平凡的日子经营成诗和远方。山里人没有更多的奢望，满足于"二亩地一头牛，老婆孩子热炕头"的平静生活。长期与大山为伴，塑造了他们坚韧、质朴与乐观的个性，他们把苦难看淡、把生活看开，把飘落的黄叶能诠释成一道优美的风景，每天静看日出日落、花开花谢、云卷云舒，让雨儿带来希望，让风儿带走忧愁，真心地回味每一刻，真实地拥有每一天。

乡上逢集的时候，村干部与村民一样可以放下手中的农活，扶老携幼，怀着朝圣般的心情从四面八方赶来凑凑热闹，购置一些必需的生活用品，还要完成乡上安排的各项工作。乡干部总是盼星星、盼月亮似的盼望着这一天，早早起来整理一下房子，清扫一下院落，收拾一下会议室。灶务上的同志也忙前赶后地准备着一天的伙食。此刻，门前三两树、庭院几枝花似乎显得没有那么寂寞了。

遇集的时候,乡上要召开乡村两级干部会议,全面掌握各项工作的推进情况,统筹规划下一阶段重点工作。会议结束后,村干部与乡驻村干部商榷解决当前的各种棘手问题。计划生育首当其冲,因为这是一项马虎不得的重要工作,倘若出了纰漏,一票否决,谁都担待不起。因此必须摸清孕龄妇女、重点"三查"对象、一般对象、放心对象和流动人口的底子,确保"三查率""结扎率"到位,才能有效控制人口出生率。同时在打防并举、堵疏结合的基础上谋划好舆论宣传教育工作,比如哪面墙上该写"少生优生,利国利民",哪棵树上该挂"少生孩子多养猪"等标语。这些看似琐碎的事情需要一点一点地抒出来,认真细致地去琢磨,一锤一卯地去落实。

"上面千条线,下面一根针",好多事情必须石锤打石缶——一步一个脚印落实到村组、落实到人头。"说大话使小气,空嘴溜空话"是根本解决不了农村的实际问题的。

这一天的乡政府人声鼎沸、门庭若市,村干部就像货郎一样,心里也不清楚一天到底兜售了多少杂货。乡干部要想免去跋涉之苦,必须抓住机遇,乘着热锅下米,竭尽所能完成一些紧迫任务。虽然看起来都是些蝇头小事,但小事也不能小办,于小农村中做好大文章,于小事情上体现大智慧。

"皇粮国税"的收缴是最让干部伤脑筋的事情,因为 30 元、50 元或百八十元需要反复登门,做耐心细致的思想工作,有时只为一厘一毫苦口婆心。有的村民家徒四壁,确实缴不起税费,但是有部分村民有钱也不想缴纳,不管怎么费尽口舌,他们总是装聋作哑。

税费收缴是每年的指令性任务,必须如期完成,谁都不愿拖全乡甚至全县的后腿,收缴进度不为最先也不耻最后。面对僵局,乡村干部煞费苦心,必须拿出看家本领各个击破,但是如何打开缺口、突破僵局,是一门艺术活。收缴工作到底是先易后难,还是先难后易需要认真掂量。假如先从老实敦厚的农户开始收缴,最后"钉子户"拖着没有缴纳,村民难免心生怨言,"乡政府欺软怕硬,柿子总捡软的捏",那么来年,工作更加被动。

"杀鸡骇猴,敲山震虎",先拔"钉子户"固然效果明显,但有利有弊,风险无处不在,一招出错,满盘皆输。其实,拔"钉子户"实乃下策,用久了会剑拔弩张,伤害干群鱼水关系。因此税费收缴就成为衡量干部能力水平的一项标杆性工作。当然，多年来的摸爬滚打，锤炼了村干部老成持重的秉性，面对老生常谈的问题，村干部总是不慌不忙，成竹在胸，各有爬坡过坎、攻坚克难的土办法。村干部四方动员、八方游说，遍打亲情牌、感情牌、政策牌，甚至软磨硬泡，摆出一种不达目的不罢休的架势。

其实在解决一些看似微不足道、难以启齿的小事时确实需要智商，但更多的是情商和胆量，需要的是钉子般的挤劲和钻劲，需要的是水滴般的专注和韧劲，需要的是乡村两级干部百分百的相互信任、理解与支持。

说一千道一万，民生问题总是绕不开的重要话题，看着别的地方乘着改革的大潮破浪前行，乡村干部看在眼里急在心里，总不能这样临渊羡鱼、无动于衷，经济发展止步不前、毫无起色。当务之急得先吃透村情民情，合理制定发展规划，必须从改善基础设施入手，解决好水、电、路等问题，解决好生存问题再解决生活问题，解决好产量问题再解决产业问题，脚踏实地，稳中求进，不断提升经济发展的内生动力，最终达到脱贫致富的目的。

信息闭塞，观念落后，人才匮乏也是制约乡村经济发展的主要因素之一。乡村干部明白治贫先治愚，治愚抓教育,再穷不能穷孩子,再苦不能苦教育,不能让贫穷代代相传,必须多方争取资金,加大教育投入力度,千方百计抓好"普六""普九"工作,确保适龄儿童入学率,不断加强师资队伍建设,继而提高教育质量,培育好乡村发展所需的人才资源。

经过不懈的努力,乡村面貌发生了变化,山绿了,水清了,路通了,人富了,处处桃花红、梨花白、枣花香,穷山恶水蜕变为青山绿水,农民笑逐颜开,干部喜上眉梢。

我常常暗自思量,乡村干部像块砖,哪里需要哪里搬;乡村干部必须是灭火队员、多面手、万金油,凡事不一定要精,但是一定要懂,而且要懂农村、懂农民、会工作、有情怀,千锤百炼成为服务三农的行家里手。

矛盾纠纷的调解贯穿于日常工作之中,不管村民啥时进门,你都得放下手中的活笑脸相迎。村民所反映的问题不外乎土地纠纷,要不就是张家断了李家的水路,赵家的男人勾引了王家的媳妇,以及黄家猫、赵家狗等零七碎八的事情。村民心里常打小算盘、常念小九九,明白"砍树不倒麻口小,告状不倒赖口小",要想引起政府的重视,必须刻意夸大其词,把芝麻说成西瓜。但是,不管事情大小、孰是孰非,村民既然踢起了飞脚,那么"飞起要落,张起要合",干部无疑要给个答复,好歹说出个子丑寅卯来,否则村民岂能满意。

山里人也并非小肚鸡肠、斤斤计较、得理不饶人,他们懂得相处之道,只是暴脾气来了就像火药桶,有时又倔强得像一头牛,其实根本没有过不去的梁子、解不开的死结。村里人不懂法理但懂道理,只要"话说开,水拨开",言通语顺了,他们能化干戈为玉帛,一笑泯恩仇。

村干部在化解、调处矛盾纠纷时,配合默契,"二人转""独角戏"轮番上演,角色互换天衣无缝。村干部更是洞若观火、明察秋毫,能切中要害,抓住问题的关键,牵紧牛鼻子,懂得四两拨千斤的奥妙。比如有则故事,有一天两头牛打架打得难分难解,这时过来几位数学家和物理学家,他们分别站在学术和力学的角度研究怎样分开两头打架的牛,但分析来分析去也无济于事,只见一个老农走过来用一颗小小的火星就轻而易举地解决了问题。其实,简单的问题复杂化需要知识,复杂的问题简单化则需要智慧。调处矛盾纠纷的另一法宝就是遇事要静思明辨,不能偏听偏信,要因人而异、因事而异,切莫心急火燎,这样欲速则不达；有时需要学会捂、摁、闷，"馍馍不熟气不圆"，必要时得等一等、放一放、缓一缓、凉一凉。凡事只有把握好度，才能更好地解决问题。

一天的时间就这样在不知不觉中悄然溜走，当夜色来临，繁星挂满天空，劳累了一天的村干部免不了围炉夜话，一盘花生米、几杯清茶、一壶老酒共话桑麻。三杯两盏后醉眼问花花不语，蓦然发现广袤的农村如同一本厚重的史书，每一次品读都有全新的收获。这样想来，感觉自己所从事的工作虽然繁杂琐碎却也如此有意义。

你好，山东

　　山野的风总是不紧不慢地从坡上刮过，庄稼青了又黄，黄了又青，农民周而复始播种着希望，收获着失望。跟风式的种植导致谷贱，种植结构的单一成为农民致富路上一道过不去的坎，守旧思想的束缚使农民习惯了"温水煮青蛙"的安逸，穷则思变的想法早已丢失在云里。

　　农民"临渊羡鱼，裹足不前"总不是办法。听说山东寿光是全国温棚蔬菜种植基地，乡政府召集一些思想开化、敢"第一个吃螃蟹"的农民前往山东"求取真经"。

心动不如行动。一车人日夜兼程赶赴山东。

日暮苍山远，奔腾不息的九曲黄河渐渐隐退在暮色中。大伙经过"九九八十一难"，怀着"朝圣"般的心情来到了仰慕已久的"蔬菜圣地"——寿光。耳听为虚、眼见为实，娇翠欲滴的萝卜、鲜艳夺目的辣椒、又大又圆的西瓜……一望无际的温室大棚，挂满了叫得上名字的和叫不上名字的各类蔬菜瓜果。大伙好似刘姥姥进大观园，个个瞠目结舌，真切感受到了科技的力量。

大伙参观了温室大棚之后，迫切想去蔬菜种植基地感受一下，东道主二话不说拉着我们就走。我们暗自嘀咕"咱不买人家的种子，为何无偿提供车辆，这不傻嘛！"，所以处处谨小慎微，生怕上了"贼船"，然而让人匪夷所思的是，东道主就是无偿提供车辆，至于买与不买，他们不喜不悲；你来他们不拒绝，你走他们不挽留。我被山东人的这种率真和无私所感动。

山东的酒文化与陕西的不尽相同。与山东人喝酒。无须多说，更不必谦让。当主陪、副陪落座之后，其他人依次而坐，一切依规而行，不愧为孔孟之乡。山东人喝酒颇具梁山风范，酒酣耳热时袖子一撸"令狐冲"，咣当一下"狐狸精"，有海量的"放倒"，不胜酒力的"逃跑"。

齐鲁之行，收获颇丰，至少在观念上是一种突破。然而，老百姓对于温棚种植还是"摸着石头过河"，不懂如何建棚、如何定植，以及如何进行田间管理。乡政府研究后认为棚栽的发展必须要有科学的指导，不能盲目蛮干，而且只许成功不许失败。农业伤不起，农民更伤不起。于是乡政府决定从各地聘请农业技术员来指导村民进行温棚种植。

一个新事物的发展难免一波三折，山东来的技术员勤勤恳恳、任劳任怨，每天迎着朝霞出门，背着月亮回家，不厌其烦，手把手给农民和乡镇干部传授温棚管理技术。特别是在病虫害的防治上用药必须精准，剂量小了杀不死病虫，剂量大了会产生农药残留。乡镇干部认真地跟着学，"先拜师，后授业"，学习种植技术的同时也学习山东人身上的这些优秀品质。

山东人少说多干，"宁学蚂蚁腿，不学麻雀嘴"，他们注重过程，更注重结果，与山东人沟通交流简单明了，只需一个眼神。当然，这种默契建立在相互理解、相互信任的基础之上。

　　在山东技术员的精心指导和广大干部群众的努力下，乡村温棚产业经过"化蛹为蝶"的阵痛，终于在涅槃中获得了新生。

　　如今，看到遍地的温棚和农民脸上洋溢的幸福笑容，脑海中不断浮现出憨厚、质朴、敬业的山东技术人员的形象。我不想对这些山东人说什么，只默默送上最诚挚的感谢与祝福。

陪你一起看老牛

悠悠芳草碧，脉脉百花香。低空飞燕子，水暖睡鸳鸯。

盛夏时节的东坑镇金鸡沙村阡陌相通，碧水东流，良田万顷。你难以想象这是陕北的一个普通村落，更不会想到从这里走出了一位全国人大代表、全国劳动模范，荣获联合国"拉奥博士奖"的治沙英雄牛玉琴，当地人亲切地称呼她为老牛或牛大姐。

东坑镇金鸡沙村位于毛乌素沙漠南缘。20世纪70年代,这里还是一片令人望而生畏且荒芜、恐怖的黄沙地。每年冬春季节,风像魔鬼一样推动沙丘以摧枯拉朽之势向南进逼,一颗颗萌动的种子和破土而出的嫩芽常常被风沙扼杀于苗床之中,无缘走进梦幻的春天。农民需要反复播种才能有微薄收获的希望。沙进人退的局面愈演愈烈,金鸡沙人民苦于沙害,万般无奈之下绝地反击,勇敢地拉开了与沙魔作斗争的大幕。

老牛是金鸡沙人民的杰出代表,她以满腔的热血、不懈的追求和顽强的毅力投身于毛乌素沙漠的治理,用心血和汗水变沙海为绿洲,演绎了一个个战天斗地、感人至深的治沙故事,赢得了无数的荣誉,铸就了一座不朽的丰碑。

老牛成为劳模后,每天要接待的人络绎不绝,她在不停地迎来送往中也略显疲惫。我作为驻村干部,处理完镇政府安排的工作之后,常常过来给老牛帮个忙,搭把手,唠唠家常。大多数时间我都是先随着参观的人群一遍遍观摩那数不清的奖杯、奖章,随后再去一个叫"一棵树"的地方感受治沙成果,用心聆听老牛深情讲述她的治沙故事。老牛总像对待自己的孩子一样,满怀深情、如数家珍般地介绍着每棵树木、每株花草、每寸土地，她灿烂的笑脸就像林海中绽放的花儿。参观的人常常被这种无私奉献的精神感动得热泪盈眶。

来参观的人们十分钦佩老牛持之以恒、水滴石穿的治沙精神，仰慕老牛辉煌的治沙业绩。也许是我去的次数多了，除了敬佩她的治沙成果之外，还平添了对她高尚人格的敬仰。

老牛的丈夫张家旺去世早，丢下了三个年幼的孩子和智力不全的婆婆。她没有被突如其来的灾难击垮，而是勇敢地挑起家庭的重担，既当妈又当爹，含辛茹苦抚养年幼的孩子，全心全意照顾年迈的婆婆。她把失去丈夫的悲痛和对丈夫的思念化作治理黄沙的动力和勇气。老牛视"傻婆婆"为亲生母亲，每天无微不至地照顾年迈的婆婆的衣食住行，还要时刻提防她外出闯祸，老牛也成为婆婆心中最亲密的人。婆婆总像淘气的孩子一样依偎在老牛身边，老牛便给婆婆扎个小辫儿、带朵小花儿。婆婆时不时地过来要支香烟，笑眯眯地坐在炕头吞云吐雾，有时要点零花钱去买包方便面。老牛从不厌烦，总是乐呵呵地满足婆婆的所有要求。她成为十里八乡尊老爱幼的楷模。

有一次,我去老牛家,一走进院子就发现老牛满面尘土、两手泥巴,坐在墙角吃力地用砖头修砌着羊圈舍。我说:"老牛啊,您都是劳模了,荣获了那么多荣誉,还要亲自干这活儿啊?"只见她呵呵一笑:"荣誉又不能当饭吃啊!"朴实的话语如微风拂面、雨润心田。是的,荣誉是国家给的,她牵挂的永远是国家。她淳朴得像林海中无意与繁华争奇斗艳的一棵棵树木。

东坑镇是陕北名镇,全镇有 20 万亩水浇地。蓬勃发展的蔬菜产业给老百姓带来了丰厚的经济收益,但交通不便严重制约着区域经济的可持续发展,特别是 307 国道国境段和连接高速出口道路十分狭窄且崎岖不平,国道两侧逢雨即成"水泥路",天晴秒变"洋灰路"。每到秋雨绵绵的季节,因为道路泥泞导致拥堵,大量农产品不能及时进入市场而霉烂在田间地头,给一些种植大户带来了惨重的损失。

老牛看在眼里,急在心上,她多方争取资金,拓宽、改造路面,配套实施亮化、美化工程,彻底打通了进村的路。自此,商贾云集,订单纷至沓来,农户、基地、市场有效对接,种养加一体化,产供销一条龙,优质农产品畅销各地,农民沉浸在增产增收的喜悦之中。但是,有人开始说:"老牛真傻,日子过得那么拮据,为啥不给自己争取点资金?何苦整天给镇政府帮闲忙!"可老牛就是老牛,她以特有的嘿嘿一笑,对一切闲言碎语置若罔闻。

金鸡沙村有肥沃的土地资源,随着产业结构的调整,蔬菜种植规模的扩大和大棚种植的发展,需要消耗大量的水资源。全村灌溉用的深井大多开凿于20世纪八九十年代,整体水位下降使水泵多已悬空,加之线路老化,变压器负荷太重,农业用水十分短缺,村里出现抢水抢电现象,村民之间用水、用电的矛盾逐渐激化。

看到因干旱缺水卷曲的庄稼叶和因用水而剑拔弩张的村民,老牛心急如焚。她多方奔走,积极争取水利项目资金,为金鸡沙村打了30多眼深井,彻底解决了全村的农业用水问题,为农民致富增收打下了坚实的基础。看着喷涌而出的井水和舒展的庄稼叶,老牛的心里乐开了花。

这就是老牛,一个全国人大代表,一个全国劳动模范。以老年为代表的中国伟大女性身上所特有的这种贤惠善良的传统美德,朴实无华的优秀品质,大公无私的奉献精神,一心为民的务实情怀。成为激励广大人民奋斗不止、砥砺前行的强大精神动力。

　　如果你来陕北,我乐意陪你一起去看老牛,去当年剧组拍摄《一棵树》的地方追溯时光。回望当年一棵树,如今变成一片林海,郁郁葱葱,顽强生长,扎根在苦难中,成长在信仰里!

今夜无眠

　　北方的秋雨总显得那么不急不躁，连日来淅淅沥沥下个不停，沾湿了梦想，沾湿了希望。傍晚时分，骤雨初歇，半个月亮终于爬上了山坡，喧嚣的乡村渐渐趋于宁静，奔波劳累了一天的乡干部三三两两围炉夜话，品茗茶，赏音乐。正当大伙沉浸在《今夜无眠》那优美的旋律时，办公室紧急通知："今晚局部地区有霜冻，请全体干部立即进村，帮助百姓压实温棚通风口,放下草帘,保证棚内温度。"听到通知后,大家迅速行动,看来今夜真的无眠了!

为了调整产业结构,提高粮食单产,增加农民收入,今年乡上多次带领农民去山东寿光、山西应县,以及内蒙古自治区、宁夏等地考察设施农业,选育优良种植品种。千辛万苦发展起来的千亩温棚、拱棚蔬菜,无疑是突破传统种植模式的一次重要尝试。大伙知道秋雨过后地气变凉,最容易出现早霜,特别是滩涧地区秋霜来得更早。温棚种植千万不能有半点闪失,否则会挫伤老百姓的种植积极性,影响温棚产业的顺利发展。然而初次尝试温棚种植,老百姓还没有完全掌握棚内温度的控制技巧,意识不到早霜对温棚蔬菜特别是放风口附近蔬菜的危害。

百姓的事无小事,温棚的事更是大事。车子风驰电掣地行驶在路上,必须要与时间赛跑,与秋霜赛跑,赶在凌晨霜冻之前帮助农民压好通风口、盖好草帘。寂静的夜空下,秋风携裹着几丝清凉,混合着果实的甜香扑鼻而来,这大概就是秋天的味道吧!

夜色渐浓,从远处农田林网道路之间交相辉映的灯光看,干部多已进村入户,正吆喝村民起来覆膜压线。农家的小狗亦被惊扰得狂吠不止。进入梦乡的农户被依次叫醒，随同乡村干部一道忙活了起来。秋季温棚里的辣椒、西红柿长势喜人，如果赶在腊月上市，定会给农户带来可观的收入。想着满棚的希望，农民也不敢掉以轻心。

经过几个小时的忙碌，大多数温棚的覆膜、压帘工作已完成，此时已凌晨一点多钟，大伙觉得回去太晚，干脆在车上将就一宿。大概是因紧张忙碌，抑或是生物钟起了作用，虽仰卧于天地之间，然睡意全无，头脑异常清晰。不知谁的手机又开始播放《今夜无眠》，优美的歌词、优美的旋律顿时萦绕于天地间，当快乐穿越时空，激荡豪情无限，人无眠，月无眠。

万籁俱寂，只有村庄附近马路边的小卖部里还有猜拳行令、不醉不归的村民，偶尔走出几个醉意朦胧的身影，不经意间招招手，摇摇摆摆地飘然而去。此刻，我与村民一道沉醉在如诗如画的月光里。阵阵凉意袭来，广袤的夜空下一颗颗小小的星星眨着眼睛，溢出点点清冷的余光，几丝云彩悠悠地飘在如水的月光里，如钩的月亮斜挂在天边，真是迷人的夜晚。

村民早已进入梦乡，唯有轻快的音乐拨弄着我们跳跃的思绪，令其在夜幕下肆意流淌。车窗玻璃渐渐蒙上了淡淡的一层似云、似雾、似雪花的霜,不久便模糊了视线,模糊了月光。我想这应该是久违的秋霜,它正悄无声息地涂抹着千沟万壑,肥了红杏,瘦了白杨,尔后碎步轻移,小扣冬的柴扉,把五彩斑斓的秋影推得越来越远。美妙的音乐还在舒缓地流淌,踩着欢快的节拍,索性去摘一颗最亮的星星,蘸满盈盈的月光,照亮每一个平凡的梦想。

我虽然长期在基层工作,但很少遇到这样的夜晚。虚浮半生,寥无宏愿,唯有辛勤地付出,换来真实的拥有。这样想来,不觉会心一笑,月淡风清,似水流年,人生能有几个这样的夜晚?舞翩翩月也无眠,爱在天上人间;歌绵绵星也有约,美在梦想之间。我们何不举杯邀月,祝愿百姓永远幸福。

斗转星移,当夜色收起最后一块帷幕,曙光初现。蛰伏在农作物上的霜花慢慢化为雾,萦绕于山腰间。很多农作物一夜之间由青变黄,易了容颜。

农民早早起来,迫不及待地跑到温棚,他们意想不到的是棚内棚外两重天,棚外万物萧瑟,而棚内的农作物安然无恙。幸福如朝霞映在了农民满是皱纹的脸庞上。

今夜无眠,今夜有约。虽然忙了一晚,既苦也累,但能与百姓同苦,便苦中有乐,乐得其所!

难忘扎尕那

　　我怀着无比激动的心情，踏上甘南这块神奇的土地。这是我第一次走进甘南，第一次走进藏区，第一次走进美丽乡村扎尕那村，亲近藏民，领略藏家风土人情。沿途景色美得让人心醉，美得让人窒息。

　　山地牧场碧草如茵，不知名的野花点缀其间。牛羊满山坡，有的漫不经心地通过马路，根本不去刻意躲避车辆。

车子慢慢地绕行于牛羊之间。大概在这些牛羊眼中,车辆和行人变成了永远不会伤害它们的另外一种食草动物。远方洁白的云朵镶嵌在湛蓝的天空中,山脚平缓处散落着牧民的毡房,袅袅炊烟升起在山水之间。奔腾不息的白龙江水携带着郎木寺清脆的木鱼声和喇嘛吟诵的空灵梵音,一路绕过高山、草原、湿地、森林,永远庇护着这方生生不息的洁净土地。

最初看到藏民穿着看似破旧的藏袍时,我以为藏民生活十分艰苦。其实不然,藏民家家户户有自己的牧场,每家饲养着很多牛羊,每年有稳定的收入,他们在衣食无忧的前提下,把多余的钱捐赠给寺庙或那些生活拮据的人们。

马路边不时看到前去朝圣的藏民,据当地人讲这是虔诚的藏传佛教信徒,大概是去郎木寺或拉卜楞寺朝拜,有的甚至要耗费两三年时间去心中的圣地——西藏的布达拉宫朝拜。附近村落一些年老的藏民好像永不知疲倦地绕佛塔和转经轮,带着梦想,带着祈祷,带着祝愿。

车子在缓缓前行,我唯恐错过每一处绝美的景色。秃鹫和雄鹰在苍穹下盘旋飞翔,这些猛禽是藏民心中永远的神灵。藏民在出生时上一次天葬台,死亡后再上一次天葬台，他们认为生从天国来，死后灵魂应再次让这些秃鹫与雄鹰带回天国从而得到永生。

"扎尕那"，藏语意为"石匣子"。扎尕那村是一座天然的"石城"，被称为"甘肃的香格里拉"。村子被群山环抱，周边苍松翠柏郁郁葱葱，远处秀峰环拱。蜿蜒盘旋的小路直通山顶，小路边站满了慕名前来拍照的人们。他们怡然自得地融入扎尕那空灵、肃静、一尘不染的梦幻般的景观之中，时不时发出由衷的赞叹声。听说有些摄影爱好者为捕捉到一个绝妙的镜头要在这里停留好多天，扎尕那美轮美奂的景色也随着摄影师的镜头走向外面的五彩世界。

扎尕那村坐落在半山之中。村落古色古香，房舍错落有致，藏家小院与周边环境浑然融为一体，房在林中、村在画中。高山之巅被称为"神山"的地方，随处可见密密麻麻但只有清风才能破译的藏传经文，五颜六色的经幡随风舞动，永恒地传递着虔诚的祈祷。这些神山在藏民心中神圣不可侵犯，没有人会去伤害神山里的任何一种生灵，藏民必须用心灵去守护，以求神山赐予生活所需。扎尕那村的藏民或许在千百年来的繁衍生息、生态演替过程中与自然达成了高度的默契，他们顿悟了取予之道、相处之道、生存之道,把人与自然友好相处所应得的自然馈赠理解为神的恩赐。

这次真是天公作美,刚下过小雨,整个村落雾气氤氲,绵延的群山若隐若现。远处山腰及山脚下几户藏民的毡房隐没在虚幻缥缈的云海中,几缕阳光穿过云层的缝隙洒落下来,黄绿相间的农田如调色板,田间劳作的藏民不由驻足观看。

走进藏民家别致的木质两层小阁楼,淳朴善良、热情好客的藏民立即给你盛一碗热气腾腾的飘着乳黄色酥油的奶茶,递上亲手揉制的糌粑。不管你是否喜欢吃糌粑,那憨厚的笑脸、清澈如水的眼眸,让你根本无法拒绝,不如信手接过用炒熟的青稞面与乳黄色酥油捏制的糌粑,尽情品尝难得的藏族美味。藏民淳朴的心扉如同广博的大自然,你来与不来,他就在那里坦然静候,你若来他不拒绝,你要走他不挽留,自然的心门永远为你敞开,不阻不挡,不遮不掩。

奶茶、糌粑仅仅撩动了你的味觉,真正绝色的大餐当属扎尕那闻名遐迩的蕨麻猪肉。这种蕨麻猪是纯天然放养的,每天自由自在地拱食山间一种叫作"人参果"的蕨麻,蕨麻猪也由此得名。由于蕨麻猪久食蕨麻果,因而肉质细腻,肉味鲜美。一盘肥瘦相间的大块蕨麻猪肉端上桌,你可用小刀去尽情挑选自己最喜欢的部位吃。当然,扎尕那村不仅仅有酥油、奶茶、糌粑、蕨麻猪肉等美味,还有醇厚的青稞酒、洁白的哈达和宽厚嘹亮的藏族民歌。

尽兴之余,我与藏民攀谈,得知这种蕨麻猪因是自然放养,所以体格不大,每头宰杀风干后只有三四十斤,每斤可卖80多元,这样一头蕨麻猪能卖两三千元。我问藏民:"蕨麻猪肉这么贵,你们何不多养几头?""不能养太多,自己够吃就可以啦!"藏民平静地回答。我又问:"那如果有人偷偷地多养几头去卖钱咋办?""那村里人会谴责他,活佛会找他谈话的!"我似乎读懂了藏民那清澈的眼神、憨厚的笑容与淳朴的心灵。

生活中有些人或许因为欲望太多、羁绊太多,感觉活得太累、活得太苦,一颗疲惫的心陷入妄念的泥沼中苦苦挣扎,无法自拔。每个人其实如同身背背篓长途跋涉的行者,有的人拼命往背篓里放置功名利禄以及一切虚妄的东西,最后压弯了腰,压垮了身子,压碎了心;而有的人则静守初心、笑看人生,一路不受名利的羁绊,走得潇洒,走得轻松,走出了生命的宽度,走出了人生的厚度。扎尕那村的藏民或许真正领悟了人生的真谛。

我们沿山路徒步走到扎尕那村海拔三千多米的高地,拨云见日,远山已清晰可见,偶尔低头拾起破碎的贝壳化石,不由慨叹沧海桑田。

如今,我离开扎尕那村已好久了,但那里的一山一水、一草一木依然萦绕脑海。我常常暗自想,假如有一天我心浮气躁,不能释怀,我一定要再到扎尕那村去静悟!

没事了，谢谢

　　夜很深，临床的老大爷安静地走了，那细若游丝念叨着妻儿的声音渐渐地被漫无边际的夜色永久地吞噬了，消失在黑暗的尽头。大爷的儿子情绪异常激动，不停地吵闹，坚持要让母亲来看父亲最后一眼，所有医护人员面面相觑，大伙十分担心"医闹"的发生。

　　惨淡的灯光洒落在白色的床单、白色的大褂和患者白色的脸庞上，一切都是冷冷的感觉。监护仪器发出的"咕咚，咕咚"的怪异响声此起彼伏，令人毛骨悚然，恍若置身于阴森恐怖的原始密林，混沌的空气中充斥着鸟啼、蛙鸣、兽吼的声音，然而无法看清哪一片枯叶下面蛰伏着毒蛇，哪一棵大树后面隐藏着猛兽，哪一株是见血封喉的断肠草。

液滴在漫不经心地滑落，时间仿佛拖着沉重的步伐从亘古的洞穴中蹒跚而来，艰难地趟过心的沙漠，走过生命的荒原，一部分萦绕成天使喜悦的泪水，以温情滋润着每一块干涸的土地，于是草绿了、花开了，又迎来一个春天；而另一部分化成魔鬼狰狞的脸，以晦暗之气席卷着飘摇的灯火，于是烟散了、火灭了，一切沉入死寂的冬夜。

医护人员循着监护仪器发出的各种声音穿梭于病床之间，大夫不时下达"补钾，降压，带呼吸机"的指令，宛如一个个果敢刚毅、叱咤风云的将帅在炮火连天的战场指挥着一场惊心动魄的战役，护士则像威武不屈、身先士卒的武士在硝烟弥漫的战场纵横驰骋，以孱弱之身、回春之手与死神进行着殊死搏斗。

看到每一位濒危的患者在医护人员的全力抢救下起

死回生，我的恐惧感慢慢地减退，似乎有一种在茫茫大海中任风吹雨打的小船猛然找到港口的感觉。我不由得肃然起敬，真心佩服这些救死扶伤的白衣天使。他们瘦弱的身躯渐渐变得高大起来，如同一棵棵参天大树，为鸟儿撑起天堂，为所有羸弱的生灵提供庇佑栖息的地方，他们才是世界上最可爱、最值得尊敬的人。

走廊上传来了老大爷儿子的声音，大概是他的母亲来了。门打开了，只见一个身体佝偻、满头白发的瘦弱老人由儿子搀扶着缓缓走了进来，脚步是那样的缓慢，那样的沉重，只有10米左右的距离好像走了半个多世纪。老人走到老大爷的床前，默默地看着毫无生命体征的老大爷那蜡黄的脸，用干枯的手轻轻撸了撸大爷额头凌乱的白发，身体微微颤抖着，混浊的泪水顺着满是皱纹的脸颊滚落下来。老人没有号啕大哭，那是极其轻微的极其不易察觉的哭泣，老人或许要把埋藏在心底所有的爱最后化作眼泪还给眼前这个曾经相濡以沫的人，唯愿他一路走好，在天堂安康。

良久，老人慢慢地抬起头微微笑了一下说："没事了，谢谢。"病房里的人无不动容，有的偷偷地抹着眼角的泪花。随后老人与儿子还有其他亲属，一道推着大爷慢慢地走远了。

病房的门沉沉地关上了，但那句"没事了，谢谢"好像依然回荡在病房内。不知道老人这句话是说给谁的，或许是说给医护人员，生死由命、富贵在天，死生皆常事，人死如灯灭，感谢所有医护人员对大爷的奋力抢救；或许是说给儿子，总是为了生活四处奔波，不管能否忙里偷闲回家看看，而牵挂从未走远，感谢儿子最后的陪伴；或许是说给大爷，就这样匆匆地走了，带走了所有的苦难与忧伤，带走了所有美好的回忆，唯独给她留下无尽的孤独与寂寞。感谢相遇，感谢相知，感谢相守，感谢一生的呵护，感谢一生的不离不弃。

老人永远地走了，窗外寒冷的北风清冷地扫过大地，夜依然那样的深沉。

不知过了多久，一线亮光爬上了窗角，我知道新的一天开始了！

第二章

山川履迹

故乡的雪

在异乡漂泊久了，总思念故乡的雪。铅灰色的云朵从天外飘忽而至，愈增愈厚，愈聚愈多，当密集的云层贴紧山头，多到连风儿都吹不化的时候，零星的雪花率先挣脱密云的怀抱，像欢快的精灵，踩着曼妙的舞步款款而来，越过山岗，走过旷野，掠过树梢，静静地停留在心怡的地方，装点成一树银花。

叽叽喳喳的喜鹊和一些不知名的鸟儿忙碌地在枯枝败叶间觅食，无暇顾及雪来风往；旷野中的牛羊仿佛披着一身薄薄的白纱，慢悠悠地沿着山间小路返回村庄。每一种生灵仿佛都能读懂大自然的声音，应和大自然的节拍，倾听大自然的心声。有一些鸟儿不忙于啄食，静静地站立于雪地之上凝望远方，似乎若有所思，直至禅悟之后方凌空而起，与雪花相舞于苍穹。村民则忙着备足两三天的柴火以应不时之需。

远山渐渐由青变白易了容颜，一道道沟、梁、坎、峁慢慢消失。小片的雪花缠缠绵绵，漫天飞舞，大片的雪花迫不及待地俯冲而下，于是房屋白了，墙头白了，树枝白了。"山舞银蛇，原驰蜡象"的北国风光尽收眼底。

小山村隐身于绵延起伏的群山之中，在玉树琼枝的掩映下宛如一位冰清玉洁的少女，以纤纤玉指饱含深情地描摹着故乡的一山一水、一草一木，错落有致的土窑洞瞬间被涂抹成浑然天成、巧夺天工的巨幅画卷。

故乡的雪总是这样随性、洒脱、无拘无束，远不像都市的雪那样焦虑、仓促、迷茫，永远在寻觅，永远在找寻合适的落脚地方。大片的雪花凌空乱舞，被时光切割成碎片后落入泥土中。

故乡的雪素雅高洁又韵味十足,片片雪花幻化成陕北民歌里跳动的音符,雪地上串串脚印写成信天游中绝美的诗行。

有了故乡的雪,就有了《沁园春·雪》的唯美;有了故乡的雪,就有了黄土高坡的旖旎;有了故乡的雪,更有了米酒、油馍、木炭火,团团围定炕上坐的其乐融融。

雪洋洋洒洒地下个不停,黄土高坡披上了厚厚的盛装,这时堆雪人、打雪仗成为耐不住寂寞的孩子们最好的游戏,玩累了就追寻着雪地上深浅不一的脚印去邻居家凑个热闹。孩子们凭经验能准确判断谁家正在围炉小坐、猜拳行令;谁家正在"翻手为云覆手雨"、红天黑地的"闷胡"。孩子们对酒场不感兴趣,只好去"闷胡"的地方打发时光。"胡牌"是纸牌的一种,两寸长,两指宽,共有 108 张。"闷胡"是四个人围坐在一起,三个"主闷",一个"坐闷"。下雪的日子里,村里的老年人坐在一起通过"闷胡"来消磨时间。不管外面雪多大,天多冷,窑洞里还是暖意融融,一壶老茶,几锅"旱烟"足以温暖整个冬天。

太阳躲在飞雪背后,渐渐暗淡的天色和袅袅升起的炊烟提醒孩子们该回家吃饭了。而"闷胡"的人要信守承诺，不到时间绝对不能散伙，纯朴的村里人谁也不愿做一个"放胡"的人。

百鸟归巢，飞雪依旧。留在雪地上的脚印早已被雪瓣覆盖去了痕迹，一场飞雪悄悄地洗去了尘世的浮华，秀美的小山村躺在雪的温暖怀抱中显得那样静谧，似乎都能聆听到雪花轻轻滑落的声音。

故乡的雪这样质朴淡雅，飘飘洒洒中诗化了整个冬季。此景只应故乡有，他乡能得几回见。

故乡的云

每当耳边飘来歌曲《故乡的云》那优美的旋律时,脑海中总会浮现故乡的如烟往事。

故乡隐匿在大山深处,这里土地贫瘠,干旱缺雨,素有"火焰山"之称。村里水资源短缺,需人工掘地数百尺才能见到水源,而且水量有限,难以满足村民基本的生活所需。村里主要用水依靠水窖,夏收雨水冬收雪。

那时水贵如油,可山里人有山里人的活法,就算走西口流落他乡、忍饥挨饿也很少有人向邻居借粮吃,可借水是常有的事,一桶一盆一瓢以应不时之需。洗脸是奢侈的事情,洗澡更是天方夜谭。

西北地区十年九旱,有时错过了播种的季节,"春种一粒粟,秋收万颗籽"的美好愿景就会化为乌有。就算在润物细无声的春雨中抢种了,庄稼往往也难以经得住炎炎的赤日。没有水利设施,村民只能眼睁睁地看着被晒得毫无生气的庄稼叶,心急如焚而又无可奈何,只好向龙王"祈雨"。村里长者选四个年富力强的人,用两根长椽反绑四方饭桌,中置净瓶杨柳枝,头戴柳条帽,光着脚板从这座山头跑到那座山头,一声声透着绝望而又充满无限希望的"天旱了,火着了,庄稼苗苗晒坏了,龙王老爷呀"的祈雨调久久在群山中回荡。孩子们跟着跑,跑累了坐在树下静待风起风停、云卷云舒。哪怕天空出现一丝丝云彩,全村人都会欢呼雀跃,祈雨的人跑得更加起劲了。

村里人知道有云彩未必能下雨,于口口相传中学会了简单地看云识天气,诸如"天上勾勾云,地下雨淋淋""云往东一场空,云往西淋死鸡""朝霞不出门,晚霞晒死人"

"棉花云,雨淋淋"等。

如果说狂风大作、电闪雷鸣,黑云翻墨未遮山是暴风雨来临的前奏,那么只消一刻,就会风雨交加,大雨滂沱。小山村很快消失在风雨中,只能静听雨声。如若暴风雨稍小一点儿,准会有孩子头顶塑料袋冲出去看雨。

山上几乎没有植被,洪水像脱缰的野马奔涌而下,不一会儿人工淤地坝犹如多米诺骨牌一样一个个跟着决了堤,低洼处很快变成一片明晃晃的水世界,平缓地段的庄稼浸泡在泥水中,最终会颗粒无收。

"谁知盘中餐,粒粒皆辛苦。"周而复始的春播、夏锄、秋收,经年累月的看风、看雨、看云,无论哪一个环节出了问题都会影响农民来年的收入。

秋收季节最怕冰雹,收割早了影响庄稼的成色,收割晚了担心因冰雹而绝收。因此,村民会时刻做好与天斗与云斗的思想准备,密切关注着云层的变化。"黄云上下翻,将要下冰蛋",村民这时分工协作、拼尽全力抢收,孩子们跟着帮忙,有时累得汗流浃背、嗓子冒烟,但能和天抢食也乐得其所。

如今,再也不用在风中看雨看云,"天眼"代替了人眼，人们可以早知三日事；人饮工程的实施，水窖定格为历史，永远尘封于记忆中；水利设施的加强，彻底扭转了靠天吃饭的被动局面；生态文明的践行、生态环境的好转，让尊重自然、顺应自然、保护自然已成为社会共识。

然而受特殊的地理气候影响，西北地区长城沿线、毛乌素沙漠南缘生态依然十分脆弱，缺林少绿、生态文化滞后、生态产品供给能力不足，严重制约着地方经济的可持续发展，全社会要时刻绷紧生态保护这根弦，同谱生态篇，共唱绿色歌，共同营造故乡的美丽家园。

天边飘来故乡的云，有个声音在呼唤，归来吧！

让我们每个人多肩负一份责任，多奉献一点爱心，多节约一滴水，多种植一棵树，多培育一抹绿荫，共同撑起故乡天空一片祥和的云。

朔北的风

　　我家住在陕北黄土高坡,小时候最害怕刮风,大风携裹着黄沙遮天蔽日,我们称之为黄风。

　　每年风从坡上刮过,带走了沉降的种子与刚发芽的小草,只留下光秃秃的山梁,想打一筐猪草要翻山越岭到好多地方去找寻。最难熬的是逆风行走于家校之间,拖着瘦弱、饥饿、疲惫的身子走走停停。有时风急了瞬间会有窒息的感觉。待到回家时就变成会眨眼的泥塑。那时真是谈风色变。

到了冬天,风沙拼命地往窑洞里灌,土窑洞的窗户纸是经不住风沙侵袭的,破了只好用旧床单和破塑料应急。那时树木稀少,冬天缺少取暖的柴火,家里特别寒冷,感觉那门缝里透时来的风直逼我的肌肤。

如遇大旱,一年一场风,从冬刮到春。大风起时天昏地暗,像一堵通天彻地平移的沙墙。大风过后,禾苗半枯焦,农民半年的希望化为泡影。

陕北人民祖祖辈辈生存在这样恶劣的环境中,面对肆虐的风沙束手无策,在大自然面前显得无能为力,只好祈求上苍保佑风调雨顺五谷丰登。相传清光绪年间陕北靖边知县王沛棻《七笔勾》里"万里遨游,百日山河无尽头。山秃穷而陡,水恶虎狼吼。四月柳絮抽,山川无锦绣,狂风阵起哪辨昏与昼。因此上把万紫千红一笔勾"就是陕北当时生态状况的真实写照。20世纪90年代,联合国粮农组织官员到陕北考察后认为这里根本不是人生存的地方。

历史上陕北靖边其实水草丰美,牛羊塞道。公元5世纪,赫连勃勃投奔后秦受命安北将军镇守朔方,后起兵逐水草而建大夏国,都统万城。他慨叹:"美哉斯阜,临广泽而带清流,吾行地多矣,未若斯之美。"后因自然原因、战乱和人为破坏,那段车辚辚马萧萧、狼烟四起、刀光剑影的历史永远沉寂在沙海中,只有断壁残垣矗立在那里,铭记着历史。

20世纪70年代,陕北生态加速恶化,大风推动沙丘一路南下吞噬农田、侵蚀庄园,沙进人退愈演愈烈,人们的生存空间逐步被挤压。人们无路可退,只好背水一战,勇敢转身向沙漠进军,从此拉开了人与黄沙共舞的大幕,涌现出牛玉琴、石光银、女子民兵治沙连等治沙英雄。他们采用扦插、套袋和草方格治沙技术,年复一年,演绎了一个个战天斗地、感人至深、催人泪下的治沙故事。这种无私无畏的治沙精神成为一代代陕北人民生生不息、奋斗不止的精神动力和力量源泉。

20世纪90年代,陕北人民面对脆弱的生态环境,积极响应党的号召,投身到"再造山川秀美的大西北"的热潮中。天保工程、封山禁牧、舍施养羊、飞播造林等多措并举,草、乔、灌生态系统加速修复,退耕还林经济和生态效益日益显现,昔日山花无锦绣、水恶虎狼吼的陕北,如今呈现

"忽如一夜春风来,千树万树梨花开"的旖旎景象。

党的十八大把生态文明建设纳入"五位一体"总体布局,犹如一缕春风吹遍千山万水,吹进千家万户。"生态兴则文明兴,生态衰则文明衰"科学论断渐入人心,陕北人民认真践行"保护生态就是保护生产力,改善生态就是发展生产力""绿水青山就是金山银山"理念,统筹山水林田湖草综合治理,促进人与自然和谐共生。如今流动沙丘全部固定,沙进人退的局面发生了根本逆转,村庄田园不再遭受风沙威胁,"微风徐来,水波不兴"的秀美山川正在形成,靖边也成为不再向黄河输送泥沙的北方区县。

千百年来朔北的风带着苦难、带着梦魇从黄土高坡吹过,吹皱了额头,吹昏了双眼。如今,生态文明之风徐徐吹来,吹开了心田,吹绿了旷野,陕北人民将以习近平生态文明思想为指引,树立"四个意识",坚定"四个自信",固化"五大理念",坚持不懈,久久为功,以水滴石穿的韧劲建设美丽家乡。

"长风破浪会有时,直挂云帆济沧海。"中华民族伟大复兴的生态梦一定会早日实现。

看柳

  暮春的陕北乍暖还寒,春的脚步渐行渐远,但草色遥看近却无,只有几朵野花似乎没有忘记这个生命涌动的季节,果敢地盛开在山野轻柔的风中,把醉人的花意涂得香盈满坡。一棵棵、一行行、一片片刚吐新绿的旱柳默默地扎根于黄土高坡的每一个褶皱里,以自己特有的方式装点着北方的春色。

　　远远望去，一棵棵旱柳静静地把如繁星般的浅绿挂满枝丫。你如果厌倦了"乱花渐欲迷人眼"的都市景色，不妨在这莺飞草长的季节里，乘着吹面不寒的杨柳风，相约塞上看柳。一棵如同一个跳动的音符，一行甚似一首瑰丽的诗句，一片宛若一幅绝美的画卷。用灵魂去触摸每一棵旱柳，感知它的平实、坚韧与顽强，一颗躁动的心或许能得到片刻的宁静与慰藉。满坡的旱柳，满树的故事。

　　记得小时候，村委会创办了一个柳编厂，各村小组稍有点文化或心灵手巧的青年男女全集中到柳编厂编织柳篮。姐姐那时是柳编厂的柳编工，每天挣着既定不变的工分。孩子们在放学回家的路上常常结伴前去柳编厂看看热闹或把采割晾干的柳条三角五角地卖给柳编厂，充实一下羞涩的裤兜。后来柳编厂因为柳条来源不足，加之工人太多，入不敷出而关闭了。

　　姐姐于是在家里办起了柳编小作坊，她总在青黄不接的时候把编织的柳篮变卖，换一点钱来补贴家用。那时放学归来没有多少学习任务，帮家里干活是最主要的家庭作业。吃过粗茶淡饭后，便可以帮助姐姐修剪或挑选柳条，还时不时用下脚料学习编织一些笸箩底。初次学，眼巧手拙，编出的样子有点丑陋，但熟能生巧，时间久了"丑小鸭"也能变"白天鹅"。编织每一个柳篮所用的柳条必须粗细适中、疏密有度，更要符合尺寸，否则卖不出去既浪费时间也浪费了柳条。那时感觉编织的每一个柳篮都有家人辛勤的汗水和无限的希望，常常不由慨叹编织的这些不是柳篮而是艰辛的生活。有时柳条不够用了，全家出动去山野旱柳上采割或去收购一些。但柳条的供需矛盾还是越来越突出，村里人于是不停地种植柳树。他们或许朴素地知晓与旱柳的相处、取予之道，因而旱柳在村里人的镰刀下从未减少，反而越种越多，从而形成了"榆柳荫后檐"的景致。

可以说，北方没有任何一个树种能像旱柳一样如此眷恋脚下的这片土地。旱柳具有旺盛的生命力，枝条压实了可成活，柳橼插地里可发芽。种植旱柳成为春秋季节陕北人生活中不可或缺的内容。旱柳浑身是宝，柳叶可喂养牲畜，柳条可编织箩筐，柳枝可做柴火，柳橼可修建房屋，旱柳因其广泛的用途而融入陕北人生活的方方面面。

旧时因为土地贫瘠，村里人的生活极其困难，没钱盖房，多数人居住在大山深处的黄土窑洞。由于部分黄土结构松散，村里人常常用柳橼做"窑健子"，防止窑洞坍塌。从那时起，我就特别钦佩旱柳，能以柔弱的身躯撑起大山的脊梁，无形中对旱柳增添了别样的感情。

说实话，陕北的旱柳没有椰子树的娉婷，没有桂花树的清香，没有樱花树的姹紫嫣红，但颇具几分姿色，它只是不愿意以姿色示人，往往于寂寥中不觉长成了独具特色的景观。

2019年仲夏，几个朋友相约去家乡一个叫"神树涧"的地方看柳，我认为没有必要舍近求远，村里漫山遍野长得都是柳。传言中的神柳大概美不过"左公柳"，古不过"手植柏"，神不过"菩提树"，把旱柳描述得神乎其神的，应多为溢美之词吧。后来经不住朋友们的软磨硬泡，我还是在好奇心的驱使下来到了神树涧，当目光触及百年神树，心灵瞬间震颤，不觉惊叹于大自然的神奇造化。

神树涧，两山相倚，一涧横卧，林田交错，碧水旁流，树因涧而生，涧因树而神。听当地老人讲，这些成片的旱柳树龄愈百年，一棵棵神态各异。有的虬枝凸起，树干粗壮，需几个人才能合抱；有的树干中空，老态龙钟，能盘坐几人。旱柳的一部分枝干，从主干中分离出来，向外肆意侧弯延伸，有的呈月牙形，有的呈圆形，有的树中有洞，有的洞中生树。一棵棵旱柳宛如一个个造型各异的盆景。还有一部分浅褐色如化石般的虬枝疏影横斜，成为喜鹊、乌鸦的绝妙落脚地。

单从树型看，神树涧旱柳的美仅仅显露了一角。随着四季的变幻，神奇的旱柳以不同的姿态展示着它的娇美容颜。

春风送暖，万物复苏，旱柳老树抽新枝，尽情吐绿，农民吆喝着犁牛穿梭于树影婆娑的柳林中，用小铁犁把春天耕耘成一首山水诗、一幅水墨画；盛夏时节，半山烟雨，一涧碧柳，清凉惬意，小径通幽，人在画中走，雾绕古树游，你会在不知不觉中体味到"月上柳梢头，人约黄昏后"再也不是诗人笔下虚幻的景色；金风送爽，瓜果飘香时，旱柳一叶而知秋，叶子纷纷扬扬落下；待到"千里冰封，万里雪飘"的隆冬时节，旱柳于北国雪境中尽展娇媚，袅袅升起的炊烟给飞雪的冬季增加了融融的暖意。

神树涧以独特的美吸引着四方游客。旱柳的万千姿态随着摄影爱好者的镜头而广为流传。越来越多的游客慕名而来，有的索性在柳林中进行野餐或烧烤。

纷沓而至的游客把优美的环境破坏了，野外用火及游客攀爬、摄影危及百年旱柳的生存。当地村民意识到要加大对旱柳的保护力度，便用围栏围住这些旱柳。人呵护着树，树养育着人。

蓬勃兴起的乡村游给当地百姓带来了可观的经济收益，一些绿色无公害的农产品供不应求，一些老人拎着蔬菜瓜果，笑容满面地站在树下动情地讲述着百年旱柳的传奇故事。此刻，我惊奇地发现眼前的这些老人似乎站立成北方旷野中一棵棵坚韧不拔的旱柳，在风里、雨里，站出岁月的长度和生命的厚度。

酸枣红了

也许是偶然滑落的一滴雨露，唤醒了埋藏在泥土里的酸枣种子，从此种子痴情地眷恋着这片土地，不管严寒酷暑、疾风骤雨，顽强地生根、发芽、开花、结果。

酸枣树有旺盛的生命力，一团团、一簇簇遍布北方沟、梁、山、峁，小小的花朵，小小的叶片，小小的果实，与世无争，朴实得如同脚下的黄土地。

秋风送爽,层林尽染,酸枣叶随风匆匆而去,酸枣果簇拥着挂满枝头。酸枣红了的季节是农民可以美美享受一年辛勤劳动成果的季节,更是村里青年男女谈婚论嫁的黄金季节。民歌《打酸枣》里的男女青年表达爱意是略带艺术夸张手法的,其实大山里的爱情羞涩得如同枝丫间如红宝石般的酸枣。

那时交通不便,信息闭塞,出门靠步行,尽管大山周边散落着很多村庄,人们之间的交往依然要靠"鸿雁传书"或托人带话。人们相信有缘千里来相会,希望在打酸枣时偶遇心仪的人而缘定今生,但绝大多数时候还是需要有人牵线。

相亲是婚姻的第一块敲门砖,是爱情或人生能否出彩的最庄严的一场面试。相亲的消息像风一样迅速吹遍小山村,村里青年男女以及凑热闹的孩子们鱼贯而入,形成一道独特的风景。相亲的男孩如果腼腆、内向、不自信,则会紧张得满脸通红、满头冒汗、坐立不安,几个回合便败下阵来,这时村里人就说说笑笑一哄而散。如果男孩定力上乘,能顺利度过这一关,那还要用火眼金睛众里寻她。女孩总有意无意地游弋在人群中,同时悄悄地观察着男孩的言谈举止。

如果你有情我有意，那就再次约定，女方到男方家"看家"。两情相悦了，双方家长也都同意了就举行"订亲"仪式，女孩送男孩一块手帕，男孩送女孩一面镜子，自此定下终身。俗话说："嫁鸡随鸡，嫁狗随狗。"接下来就是"商量话""喝酒"和"娶亲"。爱情的每一步走得就这样坚定而有仪式感。

这是比较顺当的相亲，如果相互没有太多的好感，言不通语不顺，离心大于向心，就到了媒婆刷存在感的时候了，她需要过三道沟六道洼，跑东家到西家，用三寸不烂之舌不厌其烦地撮合以成良缘。

山里人信守一诺千金，许女一家亲，从不会嫌贫爱富，更不会吃着锅里的看着碗里的，看重的是家族的人气，所以悔婚是很少有的事，除非女方发现男方有赌博、好吃懒做等不良嗜好。

但这样的相亲是机缘与风险并存。邻村有位大叔当年也在酸枣红了的季节去相亲，由于紧张且女方家女儿多，错把姐姐相成妹妹，待到结婚掀起红盖头时发现眼前人不是自己心仪的女人，但无奈于父母之命、媒妁之约，生米已做成熟饭，倔脾气的大叔就这样将婚姻进行到底，自己的孩子也要叫自己原本钟情的人为姨姨。大叔的儿子长大后认为父母的爱情是苦行僧般的爱情，爱情从开始就进入了坟墓，他便下决心要把自己的爱情经营得像诗和远方，让爱情永远没有冬天。

酸枣红了的季节是幸福的季节。小小的果核、厚厚的果肉，甜里带着酸，那是生活的味道、爱情的味道。在共同经历风花雪月、严寒酷暑后，在岁月砥砺中酸枣果接纳了带刺的酸枣树，酸枣树用刺守护着酸枣果的一生。酸枣果每年如花一样绽放在厚实的秋天里，绽放出了生命本该有的色彩。

月明荞麦花如雪

"霜草苍苍虫切切，村南村北行人绝。独出门外望野田，月明荞麦花如雪。"我因为喜欢荞麦而喜欢白居易的这首《村夜》，更因为《村夜》愈加喜欢故乡的荞麦。

荞麦是一年生草本作物。茎直立，上部分枝，绿色或红色，是一种双子叶植物，主要有普通荞麦和鞑靼荞麦两种，前者称甜荞，后者称苦荞。荞麦种子呈三角形，外披黑色硬壳,去壳磨面可食用。

　　荞麦种植最早源于中国,栽培历史悠久,公元前 5 世纪的《神农书》中就有关于荞麦是八谷之一的记载。荞麦是短日性作物,喜凉爽湿润,广泛分布于我国各地,而故乡的荞麦久负盛名,它随俗浮沉,适应性强,从不嫌弃扎根的这片贫瘠土地。故乡的荞麦"无意苦争春",它从不与百花争奇斗艳,每当繁花散尽,方才以淡妆浓抹装饰故乡的沟、梁、山、峁,使北方这片粗犷的土地展现出斑斓色彩。

　　荞麦的谷蛋白很低。荞麦的蛋白质主要是球蛋白。荞麦的碳水化合物主要是淀粉,含有丰富的膳食纤维。荞麦含有铁、锰、锌等微量元素。

　　中医典籍《黄帝内经》讲:"五谷为养、五果为助、五畜为益。"《本草纲目》云:"荞麦最降气宽肠,故能炼肠胃滓滞,而治浊带、泻痢腹痛上气之候,气盛有湿热者医之。"《本草求真》曰:"荞麦味甘性寒。"《怪疾奇方》记载荞麦能降气宽肠,消积去秽,凡白带、白浊、泻痢、气盛、湿热等症,是其所医。

　　据《宋史》记载:"仁宗景祐三年,礼官宗正请每岁秋季月尝豆尝荞麦。"皇帝每年也吃一次荞麦。相传乾隆皇帝喜欢新鲜蔬菜和杂粮,荞麦就是乾隆皇帝健康食谱中的必备食物。

在故乡,荞麦的吃法可以说是花样百出,可做成美味可口的碗坨、清爽怡人的凉粉、香气四溢的饸饹。亲人归来"米酒油馍木炭火,团团围定炕上坐",故人远行"荞麦圪坨羊腥汤,死死活活相跟上"。荞麦还可以酿制成十里飘香的荞麦醋和口感醇厚的荞麦酒。

荞麦朴实无华,朴素简单,美得不张扬、不浮躁、不娇柔。宋朝张伯子的"荞麦得霜花渐老",钱昭度的"荞麦花残小雪飞",郑刚中的"风紧落疏荞麦花",以及陆游的"城南城北如铺雪,原头家家种荞麦",这些古诗清丽飘逸,脍炙人口。而白居易一首惟妙惟肖、通俗易懂的《村夜》使小家碧玉般的荞麦终显大雅之气。

陕北民歌中也有描写荞麦的内容。"三十三颗荞麦九十九道楞,二妹妹虽好是人家的人。三十三颗荞麦九十九道楞,隔玻璃亲嘴儿坑死个人""那片金灿灿的晚霞,唱开了粉嘟嘟的荞麦花""荞麦皮皮架墙墙飞,一颗真心献给你,心里有谁就有谁,哪怕别人跑断腿",高亢激昂的陕北民歌情真意切,直抒胸臆,表达了男女青年热烈的爱情。故乡的荞麦因为陕北民歌而有了多彩的生命。

荞麦曾经是故乡的救命粮,养育了无数饥寒交迫的人们。而今,荞麦成为故乡的致富粮,它不单纯以粮食作物的身份存在,更是故乡对外展示民俗文化的一张靓丽名片。

每年漫山遍野的荞麦花盛开时,故乡的"荞麦节"吸引无数游客慕名而来,"走三边(靖边、定边、安边)"就上演为一场宏大的视觉盛宴。游客徜徉于花海之中,尽情吮吸着沁人心脾的荞麦花香,兴致勃勃地欣赏北国夏秋之风韵。"荞麦花开,彩蝶自来",人们很难分辨哪是花朵,哪是彩蝶。游客于欢声笑语中不停地变换着姿势,想用镜头留住每一个精彩的瞬间。

寂静的夜晚凉风习习,空气中弥漫着甜甜的味道,星星点点的荞麦花与满天星辰交相辉映,高挑的枝丫在如水的月光下轻轻地摇曳,片片素洁淡雅的花瓣美得如诗如画。

我很想捧起轻柔的月光,将其揉进如雪的荞麦花瓣中,然后轻轻撒于天地间。此刻,我仿佛幻化成一朵娇小的荞麦花,盛放在这"月明荞麦花如雪"的美丽夜晚。

想喝酒到俺村

中华酒文化源远流长,在奔腾不息的历史长河中泛起的每一朵浪花都散发着酒的淡淡幽香。旧时的美酒是难入寻常百姓家的,多是帝王将相餐桌上的饮品,至于喊"店小二来一坛女儿红,切二斤半冷猪头肉"的不是侠客义士就是绿林好汉。当然,酒也是文人墨客的挚爱,少了酒就少了文思、少了才情,醉里乾坤大,壶中日月长。

酒是杜康老先生为后代酒神苦心酿制的精神调味剂。快乐时人生得意须尽欢,烦恼时举杯消愁,孤独时举杯邀明月,农闲时把酒话桑麻。有朋自远方来待以美酒,朋友要远行劝君更尽一杯酒。可以说酒穿越时空,浸润着历史画卷的角角落落、方方面面。

酒的作用并非局限于此,曹孟德煮酒论英雄,赵匡胤杯酒释兵权,李太白斗酒诗百篇,王羲之挥毫《兰亭序》。酒更是新朋加快认识的"推进器",老友深化感情的"凝固剂",同事减少摩擦的"润滑油"。

古代人喝酒的最高境界首推李白的"天子呼来不上船,微臣自称酒中仙"。竹林七贤之刘伶也有酒后"我以天地为栋宇,屋室为衣裤,诸君为何入我裤中"的反问。

古代人喝酒估计不常用酒杯,多是"腰悬一壶酒"的"令狐冲"式的豪饮,"酒缸""酒桶"的爱称大抵与此有关。

或许是与地理气候有关,南方人喝酒叫品,只有北方喝酒才叫喝。像我老家陕北比较寒冷,老家人喝酒一方面是为了交流感情,另一方面则是为了御寒,而且喜欢喝自家用苞谷酿造的高度"烧刀子"酒,一杯下肚如同生吞了一块烧红的木炭。

　　这里喝酒也是有讲究的,长辈坐中间,其余人分坐两边,先是晚辈给长辈敬,再是年幼的给年长的敬,最后是主人给客人敬。敬酒也分两种:一是能说会道的,动用三寸不烂之舌由景入情、由情入理,于润物细无声中让你掉入不得不喝的"陷阱",瞬间催生出了"不喝此杯酒,我还是男人吗"的豪气;二是语言木讷的,就单膝跪地不言不语,以百般虔诚、无比坚定的态度,高擎酒杯,你定会产生"不喝此杯还能行吗"的心态。一个通关下来就八仙过海各显神通了,碰杯猜拳摇点子,在推杯换盏中不觉酒酣耳热、豪气万丈。这种欢乐的气氛也使女人们跃跃欲试,想与男人一决高下。酒量不行就对酒当歌,如百灵鸟般把一曲信天游唱得荡气回肠,使人三月不知肉味。这边喝酒就是喝酒,菜是有的,不过菜基本是用来看的,就算有朋自远方来,主人也不会给你夹菜,把你"撂倒"或"放翻"是他们的终极目的。当酒场的气氛由主动出击到被动应付,由一鼓作气到再而衰三而竭,或由举杯牛饮到沉醉不消残酒时,那些歪歪斜斜、摇摇晃晃的人们已分不清"白发谁家翁媪"了,这时女人就知道该结束了,撤菜,送客,收场。

　　喝酒可以请别人也可以让别人请,当你特别想喝而又苦于贤内助削减活动经费囊中羞涩时,不妨在朋友圈发个"晚来天欲雪,能饮一杯无",谁给你点赞你就找谁喝。假如确实无人应答,那就到俺村去喝酒,切实感受一下山里人的淳朴和酒味的绵长。

当然喝酒要适可而止,贵在喝出品位,喝出精气神。

愿做一个懂玉人

　　看了霍达的《穆斯林的葬礼》后，我认为此书不仅是一部气势恢宏的史诗般的文学名著，更是一部阐释中国玉文化的百科全书。从那时起，我就莫名地喜欢上了玉。

　　没事的时候我常常去玉器行里瞧一瞧。每当看到一些珍贵物件上的明码标价时，我苦于囊中羞涩，只能望玉兴叹。然而当有的物件价位"跳楼式"地下跌时，我又常常被惊得目瞪口呆。

买不起玉就希冀大自然给予馈赠,所以每次去海滨城市,总是早早起来随着拾贝壳的人群涌向海滩。我不想去拾贝壳,不想在贝壳里倾听局促的海风的声音,只希望在海风轻抚沙滩时或海浪拍击海岸时会在浪尖上出现一颗颗五彩斑斓的美丽石头。所以每当浪潮退去,我便迅速翻阅那些被大海亲吻了千万遍的各色石头,有暗红的、浅绿的、淡紫的、鹅黄的,一颗颗铺满了海岸线。好多人如我一样捡起了这块,丢掉了那块,不停地观摩,不停地把玩,不停地取舍,不停地凝望,不停地等待,总希望在下一次风起潮涌时能幸运地抓住浪花的手,捡拾最美的、最耀眼的一颗,那是大海的眼睛、大海的灵魂。

然而风起云涌、潮来潮往,除了几个被时光打磨、被浪花洗涤的光滑贝壳外,我还是两手空空。爱玉而不懂玉,或许脚下踩着的那块看似奇丑的石头就是我要苦苦找寻的玉石,然而转念一想,我就算懂玉,这些玉石也只属于浩瀚的天宇,我是很难带走任何一块的。

虽然我不懂玉石,但是爱玉的情怀未变,找玉的脚步未停。去年夏天,与几个朋友相约去敦煌,在茫茫戈壁深处领略了中华民族艺术的瑰宝之后,我们驱车来到戈壁滩碰碰运气。大伙在乱石丛中不断地搜寻,荒野中全是一些被风吹瘦了的、青灰色的、毫无生气的鹅卵石。奇巧的是,我刚打算去几株梭梭林边的一个小沙丘上拍照,偶然发现梭梭林下半掩着一块核桃般大小、鸡油黄色、形状为椭圆形的石头。我喜出望外,真是踏破铁鞋无觅处,得来全不费功夫。我很快拿来矿泉水将石头洗了又洗,对着太阳照了又照。大伙也凑了过来,看着这块小石头各自发表见解。

我无法判定这块石头到底是一块美玉还是一块普通的顽石。它通透自然,但美中不足的是,石头侧面有一小块树皮状的印记,恍若刚出生的孩子屁股上的胎记,虽然不影响整体的美,但是大大地影响了我占有它的欲望。我于是萌生了扔掉这块石头的念头,想继续寻找更加完美、更加值得把玩的石头。

荒野的风非常大,带着粗硬的沙粒敲打着车窗。我们走走停停,一边寻找奇石,一边向着嘉峪关的方向前行,想去看看那弯柔美的月牙泉。在半天的寻石之旅中,我们一无所获,或许在寻寻觅觅中早已与一颗颗奇石擦肩而过。但回想起敦煌,就对这震惊中外的绝美艺术惊叹不已。敦煌就是一颗镶嵌在古丝绸之路上、镶嵌在戈壁荒漠中、镶嵌在中华民族艺术宝库中千百年来仍熠熠生辉的硕大的玉石,它的光辉滋养着我们,泽润着这个饱经苦难而又自强不息的民族。

一天,我再次来到古城墙下的一个玉石行,看到一个核桃般大小的玉石吊坠。那吊坠的质地、光泽度仿佛与我在戈壁滩扔掉的那块一模一样。听店主讲那印记是玉石的青皮,是很难得的。不管怎么说都为时已晚,我追悔莫及。我想玉石是汇聚了山川的灵性,日月的精华,是通人性的,是有灵气的,我丢掉的那块玉石或许与我无缘,它在我这个肉眼凡胎的人面前痛苦地收敛了光芒,宁愿在孤冷的荒野戈壁再等三千年,等待一个真正懂它、爱它、理解它、赏识它的人出现。

我下定决心做一个懂玉的人,于是买了一些关于玉石的书籍看,其中《说文解字》上解释:"玉,石之美者。有五德,润泽以温,仁之方也。"于是,我明白了玉之五德即人们所讲的仁、义、礼、智、信。每一块玉石都有高雅的品格和高尚的灵魂。要成为一个真正懂玉的人,必须具备爱玉的情怀、识玉的眼光、容玉的格局,绝不因为自私的心

胸、拙劣的眼光和个人的癖好来取舍手中任何一块沉甸
甸的石头。切莫因为一块青皮就扔掉整块玉石。玉如此，人
亦如此。

陕北的羊

一首高亢嘹亮的陕北民歌《羊肚肚手巾三道道蓝》以及一句俗语"荞麦圪坨羊腥汤，死死活活相跟上"，一定会把喜欢文艺、喜好美食的你带到陕北这块神奇的土地。

陕北地区资源丰富，可谓"羊煤土气有（油）"。煤、石油、天然气资源的开发利用，极大地助推了地方经济的腾飞，羊养殖带来的丰厚收益成为农民稳定的收入来源。这里地形地貌分布清晰,南部丘陵沟壑区,中部滩涧区,北部风沙区。辖区水甜草美、四季分明、昼夜温差大,独特的区位优势非常适合羊的生长和羊产业的发展,尤其是这里的冬季异常寒冷,有利于羊"绒装着身"。

陕北人养羊由来已久。据史书记载,公元425年前后,陕北地区"临广泽而带清流,水草丰美,牛羊塞道",处处呈现"天苍苍野茫茫,风吹草低见牛羊"的美丽景色。

西北地区相对干旱少雨,羊生长缓慢,育肥时间较长,因而羊肉质地细腻、肉味鲜美,加之羊肉价格相对稳定,绒毛产量收入可观,羊养殖产业便进入发展的快车道。羊数量逐年递增,一个村子有时饲养上千只羊。

然而羊数量的快速增长远远地超过了生态的承载能力,出现了羊过度啃食、损毁林草的问题:有的树梢被咬,失去了顶端优势,变成"侏儒树"或"老头树";有的野草被连根拔起,等不到草熟籽落、春暖发芽;有的树皮被啃,树木不是枯死,就是留下永久的疤痕。

关于陕北的山羊,有一则故事可能讲得更加生动形象:说的是一年冬天,一位老农牧羊到地主家的麦田边,地主想讹诈老农,于是告到县衙,"十冬腊月,羊嘴如钳。吃我麦苗,连根带叶"。县太爷一听,明白地主想讹诈老农,于是质问,"十冬腊月,地冻如铁。羊吃麦苗,撸把虚叶。"地主闻此,竟无言以对。

地主的话并非子虚乌有。村里人都知道每逢天寒地冻、数九连天、饲草短缺之时,山羊上啃下刨,无草不食。久而久之,乡村多年来培育的草灌植被渐渐地被羊啃食殆尽。

如何尽快地保护好退耕还林及生态建设成果,成为政府亟待解决的问题,看来封山禁牧势在必行。

镇政府专门成立了封山禁牧工作队,整天迂回巡查于梁、滩、涧、峁,伺机发现牧羊目标。然而牧羊人机动灵活,躲避有方,禁牧队常常空手而归。有时看到远处白白的羊群,可是当禁牧队沿着山间的羊肠小道向目标偷偷靠近时,却发现牧羊人早已驱赶着训练有素的羊群消失于白云深处,禁牧队只能暗自叹息。当然也有个别的牧羊人,碰巧撞在了枪口上,被禁牧队逮个正着,这样的情况少之又少,大多时候禁牧队无功而返。

我常暗自惊叹,陕北自古就是民族融合的"绳结区域",是古代兵家必争之地。是否在饱受兵祸之苦、颠沛流离的陕北人民的血脉里流淌着奇妙的排兵布阵思想?比如孩子吃饭剩下了，家长怕浪费，让孩子把剩余的饭给"杀格"了，杀格就是收拾，军事语言生活化。

更让人琢磨不透的是，在偷牧、夜牧与禁牧的博弈中，牧羊人把《孙子兵法》演绎得炉火纯青，每个人仿佛都是战略家。牧羊人总能洞若观火，迅速摸清"敌情"；禁牧队则无系统的战略部署，错失良机。

禁牧队有时也能获得一些有价值的线索。每当村民之间发生矛盾或口角之后，有的村民想"借刀杀人"，给禁牧队打电话举报，详细说明牧羊人的姓名、牧羊地点。这时禁牧队不费吹灰之力便会大获全胜，而举报人则隔岸观火，幸灾乐祸。这样的消息要封锁得绝对严密，一旦走漏风声，等禁牧队到的时候牧羊人便早已离开。有时到现场抓个正着，却发现牧羊人是些老弱病残之人，他们略施"苦肉计"，禁牧队员的"铁石心肠"也会瞬间被软化。禁牧队员由于长期和农民打交道，能真切地体会到老百姓生活的不易，有时也网开一面。可是有一些体格健壮的牧羊人想蒙混过关，把"假痴不癫"演绎得淋漓尽致。还有些牧羊人甚至在唱空城计或声东击西，让禁牧队员真假难辨。

之后经过持续高强度的检查，白天出来放牧的人明显减少了,多数改为夜间放牧了,牧羊人就这样和禁牧队员斗智斗勇,玩起了"躲猫猫,捉迷藏"的游戏。禁牧队迫不得已昼伏夜出,但山高路远,行车不易,收效甚微。

夜牧现象给禁牧工作增添了意想不到的困难,禁牧队员在明处,牧羊人在暗处,禁牧队的一举一动被牧羊人看得一清二楚。稍有风吹草动,牧羊人就会悄无声息地消失在温柔的月光里。就是在月黑风高时,只要车灯一闪,牧羊人就会敏锐地察觉到禁牧队要出动了,迅速与羊一道融入茫茫夜色中。

闲暇之余,禁牧队和牧羊人彼此都在推演、揣摩对方的行动规律。为了取得切实的成效,禁牧队员被迫改变策略,赶在太阳落山之前潜伏在村里,守株待兔。可是,牧羊人好像会掐算似的,不管禁牧队如何急火攻心,牧羊人就是闭门不出,禁牧队员只得无功而返。

牧羊人巧妙地运用"敌进我退,敌困我扰,敌退我牧"的战略战术,在禁牧战役中不断地取得"胜利"。

对牧羊人而言,最舒心的日子莫过于细雨绵绵、雾气氤氲的夜晚,可以惬意地披蓑衣、戴斗笠,悠闲地抽支香烟,静静地聆听羊啃食青草的沙沙声。然而细雨绵绵润九州，几家欢乐几家愁，这时禁牧队员只好望穿秋雨，无可奈何地倾听屋檐下雨滴敲打青石板的滴答声。

夜牧就这样持续进行着，管不住，放则乱。偷牧与禁牧处于胶着状态，彼此的博弈不仅消耗着禁牧队员的时间和精力，同样影响羊产业的发展、农民的增收和干群关系的缓和。

如何破解政府要"被子"、百姓要票子，政府要生态、百姓要生活的难题，理顺保护与发展的关系，给羊产业发展指明方向，给农民致富增收开辟道路，全体干部煞费苦心，积极建言献策。

经过冷静思考、广泛调研，政府充分意识到，不能只在打与压上下功夫，必须在堵与疏上做文章，着重在产业结构调整、特色经济提质增效上谋篇布局，采取稳基础、利长远的举措，积极鼓励引导农民设施养殖，以草定畜，草畜平衡，最终达到致富增收的目的。

干部清楚各村羊数量虽然上去了，但羊质量没有跟上去。羊个头小，产绒量低，每只羊产绒量在四两左右，村民养羊普遍存在重数量、轻质量的问题。通过多方打听得知辽宁盖州市的种羊每天只产绒量能达到 2 斤以上，镇政府决定引导、动员、鼓励百姓，充分利用畜牧补贴款引进盖州市种羊，对本地羊进行品种改良。同时合理改造羊圈舍，保证圈舍冷热适度，只有缩短育肥时间，才能增加羊绒产量。

圈舍饲养羊极大地减缓了草畜矛盾，有效地保护了弥足珍贵的林草资源。通过持续不断地改良品种，陕北羊的体格、绒毛产量有了大幅提升，农民在设施养殖中尝到了甜头，养殖的积极性高涨。农民把设施养羊作为一个产业去谋划，养羊专业合作组织如雨后春笋般发展起来，基地加农户加市场的产业运营模式快速形成。农民"说羊话，走羊路，念羊经，发羊财"，稳步迈向脱贫致富的康庄大道。2019年腊月我回到村里，得知伯父家饲养了80多只羊，连同羊绒、出栏羊，年收入高达9万多元，心里非常开心。

陕北羊产业终于站稳了脚跟，占领了市场。牧羊人在艰难困苦中趟出了一条"草养羊，肥养地，地促农，农富民"的良性循环的产业发展路子，有效地解决了经济发展与生态保护的矛盾。

陕北羊肉的美名不胫而走，四方游客吃过之后赞不绝口。陕北羊肉的做法多种多样,最解馋的当属文火慢炖的大块手抓肉。即便你食量不佳,看着别人津津有味地享受着美味,你也会禁不住羊肉清香的诱惑而胃口大开。

你如果是第一次去陕北,千万别忘了品尝一下风干羊肉、羊肉剁荞面和羊肉饸饹。如果错过了这几道美味,你就等于没去过陕北。至于陕北铁锅炖羊肉,你还可以在古城西安吃到,香味远飘数里。

如今,羊已成为陕北的美食品牌,扬名西北!假如有机会去陕北,不用过多介绍,你都会记住陕北的羊。

再读陕北

　　也许离开久了，再次踏上陕北这块令人魂牵梦绕的土地，我的心情久久难以平静。大漠孤烟，长河落日，古道西风，雄关漫道。一山一水、一草一木总关情，一副笑脸、一缕空气都是亲切的乡音。回味故乡的味道，细细品味她的精致和与众不同。

　　陕北是一块红色的土地。这里是中央红军的落脚地，也是中国革命的摇篮。在这块厚重的土地上,军民团结一心与敌人进行了艰苦卓绝的斗争,取得了抗日战争和解放战争的伟大胜利,谱写了气壮山河的历史诗篇,描绘了气势恢宏的优美画卷。陕北为中国共产党顺利走向西柏坡赢得全国解放做出了不可磨灭的贡献。

陕北是一块绿色的土地。陕北人民积极响应党的号召,认真践行生态文明,稳步实施"三化"(陕南森林化、关中园林化、陕北大绿化)战略,昔日山秃穷而陡,水恶虎狼吼,山花无锦绣的黄沙地一去不返,山青了,水绿了,天蓝了,人富了。沙进人退的局面发生了根本逆转,陕西的绿色版图向北推进400公里,绿色成为陕北的主色调,陕北如同一颗绿宝石镶嵌在黄土高原。

陕北是一块英雄的土地。这里不仅诞生了刘志丹、谢子长等无产阶级革命家,也涌现出牛玉琴、石光银、女子民兵治沙连等英雄人物,他们或为革命事业,或为生态建设贡献了自己的热血和青春,这种无私的奉献精神成为激励一代代陕北人民生生不息、奋斗不止的精神动力和力量源泉。

陕北是一块文化底蕴厚重的土地。千百年来,蒙汉文化碰撞、交融,产生了《东方红》《走西口》《赶牲灵》《羊肚肚手巾三道道蓝》等荡气回肠的艺术精品。一幅幅剪纸、一曲曲唢呐、一阵阵腰鼓、一句句信天游汇聚成中华民族艺术宝库中一颗颗璀璨的明珠。

陕北如同厚重的史书,让人百读不厌。

陕北如同淡淡的花香,让人神清气爽。

陕北如同浓浓的咖啡,让人回味无穷。

陕北如同绝妙的风景,让人流连忘返。

再读陕北,我感慨万千。

再读陕北,我热泪盈眶。

再读陕北,我豪情满怀。

我深深地爱着你,这块多情的土地——陕北!

神奇的米脂

　　米脂县古称银州，位于榆林市中东部，无定河中游，因"地有米脂水，沃壤宜粟，米汁淅之如脂"而得名。我对米脂的了解还得从小时候说起，那时没有钱买书，对外面的世界知之甚少，因而总围坐在村里那些喜欢讲故事的老人身边，听一些光怪陆离的故事。老人讲得神乎其神，孩子们听得如醉如痴。每一则故事宛如一抹淡淡的花香经久萦绕于心,让人回味无穷。

　　相传古时候,米脂境内有一位能通天彻地、知晓过去未来的"张阴阳",凡是找张阴阳给祖上看过坟地的人家,都是人财两旺,门庭光耀,富甲四方。一天,张阴阳的九个儿子坐在一起对父亲说:"您给别人家看过坟地之后,人家总是要风得风,要雨得雨。您看咱们现在日子过得穷困潦倒,入不敷出,能不能给咱们也找一块好的坟地?"只见张阴阳沉思良久,然后意味深长地说:"福地要留给有福之人。那好吧,既然你们说了,我赶在明天太阳出来之前弃世。我走之后,你们把我埋在距离无定河中一泉眼一百步的地方,必须在家守孝一百天,不得出门。"

　　第二天太阳刚刚从东方升起,张阴阳就离开了人间。九个儿子按照父亲的嘱咐安排好后事,安心在家里守孝,一直守到九十八天,弟兄九人商议,再过一天就是父亲的百天,家里无钱度日、无米下炊,不如明天上山打些柴火变卖点银两祭奠父亲。这天夜晚,县太爷梦见自城门走来九条身背柴火、披麻戴孝的真龙。县太爷梦醒后十分诧异,嘱咐守城衙役密切关注过往行人。衙役一直等到正午时分,发现了身背柴火的弟兄九人朝着城门走来,于是急速禀报县太爷。县太爷得知详情后，命兵丁掘开张阴阳的坟墓，发现坟墓里有一根碗口粗的芦草根，里面藏有九条小龙，距泉水仅有一寸，再过一天就龙归大海了。县太爷不由分说把弟兄九人钉在米脂城门上，并用黄土封了城门。

故事到此并没有结束。传说有一年冬天，一只妖狐刨此城门，于是刨出了"闯王"李自成。李自成揭竿而起，扛起了农民起义的大旗，经过浴血奋战，于明崇祯十七年（1644年）率军队攻占北京城，推翻了大明王朝，明朝末代皇帝崇祯自缢于煤山。

李自成当年在地主家放牛放羊，吃尽了苦头。每每看着地主家逢年酒池肉林，而自己饥肠辘辘，他发誓"他日若遂凌云志，敢笑黄巢不丈夫。如若飞黄腾达时，天天把酒过大年"。然而历史总是惊人的相似，李自成进京后首先杀死吴三桂的父亲，继而霸占了陈圆圆，终日饮酒作乐、贪图享乐。李自成的部队也腐化成风、烧杀抢掠，"均田免赋"的口号没有了，"闯王来了不纳粮"的那支部队不见了，与老百姓的距离也越来越远。待到吴三桂引清军入关，那支如狼似虎的清军把李自成的军队打得溃不成军。李自成在北京城只待了42天就匆匆逃离，后在溃逃中被杀，也有传说他出家为僧或流落民间,隐姓埋名。

一方水土养育一方人。这里不仅走出闯王这样的人物,更有"闭月羞花之貌,沉鱼落雁之容"的美女貂蝉。据说吕布出生于绥德县,貂蝉出生于米脂县,所以在陕北妇孺皆知"米脂的婆姨绥德的汉,清涧的石头瓦窑堡的碳"。貂蝉与吕布佳偶天成,郎才女貌。汉末宫廷风云骤起,貂蝉被司徒王允收为义女。不久董卓专权,王允利用董卓好色,遂施"连环计",促使吕布杀了董卓,貂蝉也因此立下不朽功勋。在米脂县杜家石沟乡艾好湾村北山有一山洞,名为貂蝉洞,传说貂蝉生于斯、长于斯。

据说貂蝉和西施、王昭君、杨贵妃"四大美女"个个国色天香,然而受这神奇美丽的故事影响,我还是认为貂蝉美得无可挑剔,具有沉鱼落雁容、闭月羞花貌,是米脂女性的杰出代表。去年我有幸去了米脂,惊奇地发现米脂婆姨性格温顺、纯朴如水,皮肤细腻娇嫩,"着粉则太白,施朱则太赤",米脂婆姨的美真是恰到好处。

米脂这块神奇的土地婉约如少女,披一层朦胧的神秘面纱,沐浴着大自然带来的灵气,聆听着风,应和着雨,以璞玉般的静美娉婷于黄土高原。米脂人淡泊浮名却名扬天下，民歌、剪纸、秧歌等为米脂增添了高雅的气质和丰富的内涵。

米脂人才辈出，不仅有李自成、高迎祥等历史人物，更走出了杜聿明、杜斌丞、李鼎铭等名人。这里还留存有杨家沟革命纪念馆等全国重点文物保护单位。煤、天然气、岩盐进一步助推了米脂人民奔小康的步伐。

米脂这块有着厚重文化底蕴的土地斩获了"千年古县"的荣誉。这一金字招牌成为米脂对外文化宣传的新名片。

如今，米脂人民正以百倍的信心和昂扬的斗志为"生态美、文化强、百姓富"的目标而不懈努力。神奇的米脂必将更加神奇。

走近秦岭

　　一个夏日的午后,骤雨初歇,空气清新,蓦然间视野中出现了一座山脉,我莫名地激动,难道这是海市蜃楼?揉了揉眼睛,我仔细一看,的确是一座山脉,在古城的南端若隐若现,这一定是秦岭。彼时孤云独去,彩虹斜挂,燕子高飞,千年古都依偎在巍巍秦岭的怀抱中显得如此静谧安然,秦岭也在八百里秦川的映衬下愈加巍峨和神秘。

自那时起，我就喜欢上了这座神秘的山脉，总在周末领着孩子去亲近秦岭、了解秦岭、感知秦岭、品读秦岭，并且乐此不疲地给孩子讲述着秦岭的故事。

秦末项羽自立为西楚霸王，都彭城，背约"先入关中者王"，更立刘邦为汉王，封巴、蜀、汉中 41 县，使其都南郑，继而项羽三分关中，立秦三将为雍王、翟王、塞王，此谓之"三秦"，后人遂将陕南、陕北、关中合称为"三秦"。

听着我的讲述，孩子似懂非懂，只是默默地点点头，他更关心的是山涧叮咚作响的溪水，岭上缓缓飘浮的白云，泉边翩翩起舞的彩蝶，林中肆意绽放的野花和那仙风道骨、飘忽而至的隐者。当然每次秦岭之行，我们总渴望能见到憨态可掬的大熊猫、机灵可爱的金丝猴、威风凛凛的羚牛和高贵典雅的朱鹮，但常常难觅其踪影。只有朱鹮以矫健的身姿飞舞于山水之间。"秦岭四宝"已成为展示秦岭独特景观、彰显陕西经济发展、呈现陕西生态文明建设和生态文化传承的一张靓丽名牌。

秦岭是中国地理南北分界线，被尊称为中国的父亲山，系中华文明的根脉所在，被誉为中国"绿芯""中央水塔"。

每次翻越秦岭，顿觉视野开阔。秦岭有别于其他山脉，它没有一山独大的骄横，更没有"一览众山小"的盛气凌人，展现更多的是谦逊、厚重和博大：向北俯视，关中平原沃野千里，潺潺溪流顺势而下注入奔腾不息的九曲黄河，润泽庇佑着万千华夏子民；向南眺望，秦岭莽莽苍苍，汩汩山泉一路叮咚如歌汇入滚滚长江。绵延千里的秦岭就这样挺起了大地的脊梁，挺起了大山的雄姿伟岸。秦岭的博大还体现在这里丰富的物种资源和独特的矿产资源上：秦岭仅中草药种类就有 1000 余种，被子植物中木本科 1000 余种，野生动物除"秦岭四宝"之外，还有大小灵猫、云豹、猪獾、苏门羚和豪猪等；主要矿产有金、银、煤、矾、铝等，钾长石储量位居全国第一、世界第二，矾矿储量居亚洲第一。

秦岭好似一本厚重的史书，七十二峪如同一个个精彩的章节，我们只需信手摘取一小节便可咀嚼品味半日。一次来到周至境内的一个峪口，这个峪口长 40 余千米，较好地保存了自然的原真性、生态系统的完整性和生物群落的稳定性。单单就我们徒步的这条小山沟便足以让你流连忘返。崖畔上粉红色毛茸茸的马绒花娇艳欲滴，山坳中濒危植物华山新麦草随风摆动，原始天尊台迎风矗立。脚力不济的在八角亭下纳凉或消失在曲径通幽处，嘴馋的则直奔熟透的金黄色山杏而去。最引人注目的还是缓坡处一个将军池，水池如土炕般大小，周边用鹅卵石堆砌。池边有两棵直入云端的白杨，估计树龄在百年以上。听说这个水池有七百余年的历史，旧时每逢大旱，百姓都要上山祈雨，总要到这个充满无限魔力的水池中取水，祈求上苍能普降甘霖。由此看出此沟虽小却钟灵毓秀。

七十二峪中最负盛名的田峪西边便是著名的道教圣地楼观台。道观内有老子手植银杏，半坡有老子的塑像。身临其境难免使人滋生"寻古大秦岭，问道终南山"的强烈欲望。听说山里有隐者数千人，不管是大隐还是小隐、真隐还是假隐，不管是看破红尘的还是留恋红尘的，终南山从未拒绝，始终以包容的态度接纳着他们。或许山里的一块岩石、一棵小草、一只虫子、一声鸟鸣、一个蜘蛛网便能使红尘中的人顿悟人生的真谛。

秦岭是一座博大的山脉，是一座包容的山脉，更是一座美丽的山脉。然而在2015年之前，秦岭曾遭受过切肤之痛。秦岭山区有上好的石头，这些坚硬的石头是铺设路基和大型工程建设的绝佳建筑材料。受暴利的驱使，上百家采石企业蜂拥而入，像"牛皮癣"一样遍布秦岭北麓周边县区。山水林田湖草本是生命共同体，树木好比毛发，植被好比皮肤，岩石好比骨骼，水源好比血液，然而杀鸡取卵式的掠夺如同扒皮、剔骨、抽筋，千疮百孔的秦岭忍受着阵痛。疯狂的开采不仅严重影响经济社会可持续发展，影响秦岭地区生态安全，而且严重影响周边老百姓的生产生活。沿山道路遭受重型车辆碾压，多已残破不堪。老百姓雨天一身泥，晴天尘满面，田间苗枯死，无处话短长。一座座违建别墅也如同采石场一样遍布秦岭北麓。秦岭在哭泣！

庆幸的是，2015 年之后，陕西政府痛定思痛，坚决贯彻落实党中央关于生态文明的决策部署，以壮士断腕的勇气和刮骨疗毒的决心推进秦岭地区矿山整治和秦岭北麓违建别墅的清理整顿，加快矿区治理和违建别墅区生态修复，如今的秦岭重获新生，恢复了往日的生机与活力。

2020 年 4 月，习总书记来陕考察秦岭生态保护时强调"要做守护秦岭生态的卫士"，这给秦岭生态保护指明了方向，提供了遵循，更加坚定了陕西生态文明建设的信心和决心。

每个林业人在坚决贯彻落实总书记讲话精神的同时，更要以坚不可摧的战略定力投身到秦岭的生态保护中,努力营造生产发展、生活宽容、生态良好的大美陕西,让古城的居民在城里就可以随时仰望、欣赏这座博大、包容而美丽。

走近子午岭

　　子午岭没有峨眉的秀丽，没有泰山的雄伟，没有华山的险峻，她相貌平平却"腹有诗书气自华"。子午岭，唐代以前称"桥山"，包括横岭、斜岭、老爷岭，以及青龙山等山脉，地跨陕西、甘肃两省，处于黄土高原的腹地。

　　古人称北为"子"，南为"午"，因子午岭山势呈南北走向，故名"子午岭"。子午岭与秦岭呈"丁"字状，矗立于三秦大地,共同守护着美丽富饶的八百里秦川和陇上江南。

近年来,随着旅游业的兴起,子午岭以独具特色的魅力吸引着八方游客。我因为每年都要参加陕西、甘肃两省举办的子午岭护林防火联防会议而有机会亲近子午岭。通过与子午岭的亲密接触,我真切地感受到了她的博大与浑厚,子午岭也像她的名字一样充满浓浓的诗意。

子午岭是一座文化山。有一次我因工作深入到子午岭腹地,一边看着地方林业部门的同志演示无人机,一边听他们津津乐道地介绍着子午岭区域野生动植物资源状况及脚下这条古代神秘的"高速公路"——秦直道。

秦直道是古代南北交通的重要线路,是地区间经济文化交流的重要通道。公元前212年,秦始皇为了防御北方匈奴的侵扰,诏令大将蒙恬修筑一条贯通南北的直道,耗时两年半。直道南起咸阳市淳化县,北至今内蒙古自治区包头市,全长700多千米。

随着对子午岭的深入了解,我隐隐感觉到了她的神秘莫测,似乎每一个地名都有一个美丽的传说,比如"哭泉村"和"落雁坡"。相传孟姜女哭倒长城后返程路过子午岭又饥又渴,不觉悲从中来,落下的眼泪瞬间化成一眼泉水,哭泉村由此而得名。西汉时期,汉元帝为了安抚匈奴,将美艳宫女王昭君嫁于呼韩邪单于。昭君受命成婚,远嫁匈奴,途经子午岭,南飞的大雁因凝望她的美丽容颜而忘记挥动翅膀,于是坠落子午岭,由此便有了落雁坡。

听着动人的传说,我宁愿相信这一切全是真的。相信每一个传奇故事都如同一颗颗璀璨的明珠,镶嵌在子午岭的青山碧水之间。当然,子午岭更是孕育黄帝文化的厚土。每年,四海之内的炎黄子孙都会来到位于子午岭的黄帝陵,祭拜人文始祖轩辕黄帝。

佛教沿着古代丝绸之路传播到中原,给子午岭烙下了丝丝缕缕的佛教文化印记。石窟遍布子午岭,最著名的当属张家沟门石窟、保全寺石窟、莲花寺石窟,以及千佛砭石窟。这些石窟也是古代无助的社会底层劳苦大众心灵的寄托和精神的归宿。

土地革命战争时期,在中共陕西省委和陕甘边特委的领导下,陕甘边区党组织、中国工农红军第二十六军和陕甘边人民创建了以照金为中心的陕甘边革命根据地。子午岭为中国革命的发展壮大做出了不可磨灭的贡献。如今,照金革命历史纪念馆成为全国重要的红色文化教育基地之一，每年人们从全国各地来到照金缅怀革命先烈，继承前辈遗志，弘扬红色文化，展望美好未来。抗战时期，子午岭是陕甘宁边区的西南屏障，像一把匕首插在渭河北部国统区内，子午岭为中国革命谱写了光辉的历史篇章。

幸运的子午岭躲过了历史上的一次次浩劫，较好地保存了弥足珍贵的野生动植物资源。子午岭成为陕西、甘肃两省重要的物种资源库，林区雨量充沛、气候温润，属于天然次森林区，各种植物多达 1000 余种，野生动物多达 150 余种，有昆虫 500 余种。子午岭主要动物有金钱豹、白鹳、黑鹳、豺、苍鹰等，树种以栎类、杨树、白桦为主，全境森林覆盖率达到 80% 以上。子午岭对涵养水源、调节气候发挥着十分重要的作用，宛如一条绿飘带萦绕在三秦大地与陇南山水之间。

在陕西、甘肃两省护林防火联防联治组织及林区百姓的共同努力下，50 多年来，子午岭未发生大的火灾。子午岭既是陕西、甘肃两省人民携手共建生态文明的典范，是人与自然和谐共生的典范，又是两省人民友好相处的桥梁和纽带。

如今,子午岭丰富多彩的红色文化、绿色文化、历史文化及佛教文化等待着人们不断发掘、传承和发扬,期待着你来品读子午岭的根与魂。

美从祁连来

  我常常回味于泰山之美、黄山之秀，陶醉于南国之小桥流水、烟柳人家，可走近祁连山才惊叹于它的别致和与众不同，惊叹于大自然的鬼斧神工。

  以前对祁连山知之甚少，只能从"青海长云暗雪山，孤城遥望玉门关""劝君更尽一杯酒，西出阳关无故人"等诗句中找寻其模糊的影子。

　　也许天公作美,适逢蒙蒙细雨,翻滚的麦浪和成片金黄色的油菜花像巧夺天工的织锦,两三朵花儿肆意地摇曳在风雨中,缕缕柔风轻拂麦田,并将花香带到远方。几只不恋旧林的鸟儿嬉戏于烟雨之中,倏忽之间飞入花丛,再也找不到身影。

　　山腰的雨滴越来越密,落日的余晖从云缝间射出道道金光,飞舞的雪花犹如五线谱上跳动的音符,演绎着大自然的华彩乐章,"此曲只应天上有,人间能得几回闻"。一群藏野驴,不知从何处出现,瞬间又消失得无影无踪。白白的羊群和成群结队的野牦牛好像无视风雨也无视烈日,懒散地停留在草原上。牧民的毡房中早已升起袅袅炊烟,偶尔飘出奶茶的清香。

　　雨渐渐大了起来,天地交织在一起,模糊了视线,也模糊了脚下的路。"只在此山中,云深不知处",独自在"天苍苍,野茫茫"的雨中享受、聆听、品味,突然有一种"久在樊笼里,复得返自然"的美妙感觉。

　　祁连山像一条玉带横亘于青藏高原和内蒙古高原之间,阻滞了巴丹吉林高原南迁的步伐,像一个楔子镶嵌在柴达木盆地和内蒙古高原之间。发源于祁连山的条条河流把下游装扮得绚丽多姿、五彩斑斓。

　　祁连山以博大的胸怀滋润着河西走廊广袤富庶的土地和勤劳善良的人民,育孕了哈萨克族、蒙古族、藏族等民族别具风情的文化。祁连山被尊称为"神山""圣山"。人们对"神湖""神泉""神山"的敬畏已融入血脉中。五月骑马不过河、面对神山不撒尿、进山不带火、神山不砍树已化为人们的行动自觉和行为自觉,形成朴素的生态文明价值理念和尊敬自然、顺应自然、保护自然、人与自然和谐共生的生态文明价值观。

　　祁连山的美在于厚重。皑皑白雪,袅袅炊烟,还有倏忽消失的精灵——藏羚羊把祁连山装点得更加静谧神奇。祁连山不仅有野驴、野牛、雪豹等野生动物,高山雪莲、蚕缀、雪山草等珍贵植物,还有雪山、冰川等天然水库。祁连山是古匈奴人赖以生存的"天山""万宝山"。汉武帝时,战神霍去病以八百骁骑大败匈奴于祁连,从此"漠南无王庭",匈奴哀号"失我焉支山,使我妇女无颜色;失我祁连山,使我六畜不蕃息"。汉武帝在此设四郡,加强了汉朝实力,扩大了汉朝的版图,同时为丝绸之路的畅通提供了方便条件。

　　历史长河滚滚向前,祁连留下独属自己的印记。

祁连山没有其他山脉的阴柔与妖娆,更多地体现出父亲般的坚毅、冷傲与伟岸。让我们守护着祁连山的美,守护着祁连山的生态资源,这也是守护着一种民族精神。

走近贺兰山

记得上小学一年级的时候,使用了贺兰山牌纯蓝色墨水之后,我才知道原来山外有山,故乡的大山之外还有一座叫作贺兰山的山脉,只是想象不出它长什么模样。我常常暗自想,贺兰山会不会像故乡的大山一样每条褶皱里都镌刻着贫穷和苦难,会不会像村口的大东山一样因为太阳每天从山顶冉冉升起故而得名,会不会像村北马铸匠山因为山腰弱柳下曾经居住过一位孤独的老铸匠而得名。如果是那样，那么贺兰山一定是蓝色的，是纯蓝色墨水的颜色、是湛蓝大海的颜色、是蔚蓝天空的颜色，它一定矗立在遥远的天际，巍峨壮观、高与天齐。

那时受大山的制约，无法看到山外的世界。孩子们每天拖着疲惫的身子往返于家校之间，感觉蹚过每一条沟、翻越每一座山无异于炼狱后的重生，似乎家乡的大山是上帝心烦时随手抛下的面目狰狞的黄土包，不经意间砸碎了村里人所有的梦想和希望。因而，那时我下定决心要刻苦学习，多"喝点墨水"，多学点知识，走出大山，去遥远的地方看看那座令人神往的山脉。

后来，从岳飞的《满江红》"靖康耻，犹未雪。臣子恨，何时灭。驾长车，踏破贺兰山缺"的诗句中，我第一次把想象中的这座美丽的山脉与一位壮志满怀的英雄联系在了一起，神思一次次去触摸这座或近或远，甚至感觉虚无缥缈的神秘山脉。

然而，品读一座山，亲近一座山是一个漫长的渐进过程，需要耐心和情怀，更需要走进它的灵魂深处。终于有一天，机缘巧合，我离开了黄土高坡，离开了故乡的大山，到美丽富饶的宁夏去真切感知这座梦幻中的山脉。

当车子来到缓缓流淌的中华民族母亲河黄河边时，遥远的地平线上隐隐约约现出贺兰山的身影。富庶的宁夏平原在黄河的润泽下静静地躺在贺兰山舒缓的臂弯里，滚滚麦浪，幽幽稻香，千湖之城的美景尽现眼底。

随着车子的行进，贺兰山的容颜已清晰可见，但似乎看不到生命的迹象。整个山体经受风雨的侵蚀和岁月的洗礼，沟壑纵横，青筋爆出，像一个满脸皱纹、在田间劳作的大叔，这与我儿时幻想中蔚蓝色的贺兰山形成极大的反差，心里不免产生了几分失落。

当然失落的情绪没有持续多久，我欣喜地发现一棵棵小树、小灌木顽强地生长在悬崖峭壁的石头间隙，活出生命该有的颜色。一只只岩羊跳跃在斧锯刀削般的悬崖峭壁上，给看似沉寂的贺兰山带来了活力。听同行的同志介绍，随着对贺兰山保护力度的加大，岩羊种群数量在不断增长。这些岩羊不仅成为贺兰山的精灵，而且是贺兰山对外展示形象的一张名片。

贺兰山不仅有马鹿、盘羊、金钱豹、青羊、蓝马鸡等丰富的动物资源，而且有青海云杉、山杨、白桦、油松等植物资源。贺兰山也是我国河流外流区与内流区的分水岭、季风气候和非季风气候的分界线，它既减弱了西北高寒气流的东袭，又遏制了腾格里沙漠的东移，以巨人般的风姿雄居北方，一边瞭望着辽阔的河套平原，一边俯视着富庶的宁夏平原。贺兰山被誉为宁夏的"父亲山"，它与"母亲河"黄河一道呵护、养育着勤劳善良的宁夏人民，滋养着这片富庶的塞上江南。

然而雄姿伟岸的贺兰山曾经伴随着地方经济的畸形发展遭受过"切肤之痛"，对资源的过度消耗和杀鸡取卵的掠夺式开采使贺兰山千疮百孔、残破不堪。庆幸的是，随着"绿水青山就是金山银山"、人与自然和谐共生的生态文明理念深入人心，宁夏各级政府以刮骨疗毒的勇气对贺兰山进行铁腕治乱，进行植被保护修复，如今的贺兰山又焕发出勃勃生机。

曾经无数次拿故乡的大山与贺兰山进行比对，而今回到故乡，看到故乡的大山由黄变绿易了容颜，再次遥望贺兰山，欣喜地发现。原来每一座山都有自己的特质，只是故乡的山不善于倾诉，以自己特有的方式默默地成为故乡的一道亮丽风景。

走近可可西里

　　从格尔木到可可西里必须翻越海拔 4000 多米的昆仑
山口。虽说是盛夏，但很多人还是谈山色变，一早就忙忙碌
碌准备着厚一点的衣服和抗高原反应的红景天，以应不时
之需。我想这里的气候应该没有传言中的那么玄乎吧，这
次有幸从黄土高原来到青藏高原，何不在巍巍昆仑山口、
美丽的可可西里挑战一下自己。

车子在山腰间缓缓地爬行,思绪却游走在一首首豪迈激昂的诗词中和那刀光剑影的江湖中。记得上高中的时候,我特别喜欢毛主席的诗词,从《贺新郎·别友》"汽笛一声肠已断,从此天涯孤旅。凭割断愁丝恨缕。要似昆仑崩绝壁,又恰像台风扫寰宇。重比翼,和云翥。"以及《念奴娇·昆仑》"而今我谓昆仑:不要这高,不要这多雪。安得倚天抽宝剑,把汝裁为三截?一截遗欧,一截赠美,一截还东国。太平世界,环球同此凉热。"的优美诗词中去想象昆仑山一定是世界上最雄伟、最神秘、最豪迈的山脉。那时痴迷武侠小说,常常在受人欺负的时候,幻想着能成为昆仑派掌门,以绝世武功独闯江湖,称雄武林。

然而高原无限的风光拉回了我的思绪,遥看牧民毡房升起的炊烟慢慢与远方的白云融为一体,萦绕在昆仑山间,给巍峨寂寥的昆仑山带去了人间的烟火味。一个个横在山脚的小村落渐渐地被甩在了身后。远方不时浮现星星点点的牦牛和若隐若现的雪山冰川,几只藏羚羊结伴奔向白云深处。偶尔有朝圣的藏民朝着心中的圣地前行,这一切使昆仑山显得愈加神秘莫测。

经过几个小时的颠簸,我们终于来到了昆仑山口,没等车子停稳，大伙就迫不及待地下了车。然而当"刺破青天锷未残"的巍巍昆仑山出现在眼前时，大伙反而有点措手不及。

寒风呼啸而过，瞬间有一种窒息的感觉。我以满腔的热情去亲近昆仑山，昆仑山以自己特有的方式接纳了我。我站在昆仑山下，一边领略着它的无穷魅力，一边读着它的高大挺拔。

疯狂拍照不久，最明显的感觉就是一个字——冷。我暗自想，人类在大自然面前还是非常地渺小，我们可以高估自己但不可低估大自然，我们可以挑战大自然但不可挑逗大自然，当下最正确的选择还是裹紧衣服，抓紧拍照，快速走人。尽兴之余，大伙相互调侃，如果以后谁有勇气就"腰悬一壶酒，徒步上昆仑"，到那时一定会"去留肝胆两昆仑"，说不定能成为一个让人永远缅怀的人。调侃归调侃，赶路要紧，桀骜不驯的山风迫使大伙争先恐后地挤上车，向着充满诗意和远方的可可西里进发。

车子很快驶入美丽的可可西里，可可西里是横跨青海、新疆、西藏三省（区）的一块高山台地，境内河流纵横，湖泊星罗棋布，雪山绵延相随，风景优美独特，是雪域高原的最后一块净土。可可西里的草原在昆仑山的庇佑下显得那么静谧安详。雄鹰在天空展翅翱翔，这是大自然的守护神，更是藏民心中永远的神灵，它俯瞰着苍穹下草原上的一切生灵。草原离不开雄鹰，雄鹰更离不开草原。

远方绵延的雪山清晰可见，雪山倒映在一望无际的湛蓝色的湖水中，"湖光山色两相和，水面初平镜未磨"。可可西里的湖水的颜色是那样的丰富多彩，深水区呈现出宝石蓝色，稍浅的地方呈现出幽幽的荧光蓝色，靠近草原的地方，大概是因映照着黄色枯草的颜色而呈现出淡淡的琥珀色。

湖泊由远及近，色差分明，随着草原的高低起伏，大小湖泊错落有致，似大自然的丹青妙手不加人为雕饰，不加肆意渲染，美得迷人，美得无可挑剔。我曾去过风景如画的九寨沟，感觉那里的景色精致了一些；去过碧波荡漾的太湖，感觉那里的湖水柔媚了一些；去过辽阔的呼伦贝尔大草原，感觉那里的风光青涩了一些。唯有可可西里静若处子，恬淡，自然，孤冷但不媚俗。我想大声呼喊，唯恐惊扰了这份宁静、质朴与空灵，只好用镜头留住这一切。

雪山的来风带着冰雪的清凉，吹皱了如镜的湖面，一圈圈深浅不一、色彩各异的波纹向草原深处扩散开。草原上不时跑过一群西藏野驴,三五成群的藏羚羊悠闲地撒落在草原上,只有一只只孤独的雄性藏羚羊像踏着风一样疾驰,或许那是雪山在召唤,是神灵在召唤。

可可西里因为藏羚羊而有了灵性,藏羚羊因为可可西里而有了生命。由于牧民的全力保护,藏羚羊的种群数量才得以不断增加。有的藏民为了保护藏羚羊而不幸献出了宝贵的生命,索南达杰就是其中之一。藏民为了纪念他,把他幻想成美丽湖泊中那一轮蓝色的月亮,期盼着这轮蓝色的月亮永远照耀着草原上所有的生灵,使其免遭伤害。

可可西里自然保护区位于青海西南部的玉树藏族自治州境内,是中国建成面积最大,野生动物资源最为丰富的自然保护区。保护区内有高等植物 200 余种,哺乳动物 30 余种,鸟类 50 余种,野牦牛、藏羚羊、野驴、白唇鹿、棕熊等物种广泛分布于保护区内,可可西里被誉为"野生动物的天堂"。

在心中盖个草堂

　　绿树掩映中,杜甫草堂显得那么宁静恬淡,悠悠地诉说着"诗圣"坎坷而又伟大的一生。

　　我怀着敬仰的心情走进草堂,用灵魂触摸中国文学史上的圣地。

　　轻轻摘一首"岱宗夫如何?齐鲁青未了"细细咀嚼,慢慢裁一句"语不惊人死不休"静静品味,畅游在烟波浩渺的诗海中,观"桑柘叶如雨,飞藿去裴回",任思绪几度起落。

似乎在群星荟萃的唐代诗人中,有一个瘦弱多病的老者,步履艰难,反反复复从贫困的街坊小巷走到贵族园林,又从贵族府邸回归到百姓中,跌跌撞撞踽踽而行,一路从开元盛世走到"安史之乱"。

他满面尘灰,两鬓斑白,脸色暗淡,皱纹密布。饥饿如影随形,疾病猛烈地撞击着他瘦弱的身躯,不断吞噬着他的健康和生命,身体不禁摇摆了几下又重新站稳。微风掀起他破烂的长衫,他顺手擦了一下额头渗出的汗水,看了看身边走过的开赴边疆的军官和刚新婚却要和妻子分别的士兵。夕阳把他瘦弱的身子拉得很长很长,身后留下一串深浅不一的脚印。他在流亡的人群中,用干枯的十指捧起一抔黄土放在胸前……

他思念妻子,北渡渭水赶回奉先时,小儿已饿死。夕阳依旧散发出惨白的光芒,映射在流亡人群苍白蜡黄的脸庞上。

他身无分文,面对饥寒交迫的人们爱莫能助,只好以苍劲之手擎起如椽巨笔,把忧国忧民之情与百姓之苦倾注笔端。"朱门酒肉臭,路有冻死骨",几滴浑浊的泪水模糊了眼前的惨景，模糊了混沌的大好河山。

故乡虽好何时归期，四海之大何以为家。长安十载，困顿颠沛，美好愿景支离破碎。"岐王宅里寻常见，崔九堂前几度闻。正是江南好风景，落花时节又逢君"已如青烟随风而去。

他怀念与李白一起探古访幽、寻仙问道，南望芒砀山上的浮云，于荒草掩映的古寺中畅谈痛饮，醒时携手同行，醉时共被酣睡的日子。"醉别复几日，登临遍池台。何时石门路，重有金樽开？"他羡慕李白"天子呼来不上船，自称臣是酒中仙"的洒脱，钦佩李白"安能摧眉折腰事权贵"的气节，惊叹李白"笔落惊风雨，诗成泣鬼神"的才华。然而时过境迁，华清池内莺歌燕舞，"宫殿千门白昼开，三郎沉醉打球回"。玄宗纵情声色不理朝政，官员横征暴敛，边关告急，内乱不止，长安米贵，生存何易！

"暮投石壕村，有吏夜捉人。老翁逾墙走，老妇出门看。吏呼一何怒！妇啼一何苦……夜久语声绝，如闻泣幽咽。天明登前途，独与老翁别"，他如同浮萍被乱世风雨吹打得飘摇不定。

兵荒马乱，鸡犬不宁；车辚马啸，刀光剑影；百姓流离，哭声震天;纳税服役,饿殍遍野。饥饿与战乱时刻支配着他,必须靠亲友接济度日。"满目悲生事,因人作远游",一家人千辛万苦辗转到秦州陇右,生活极其困难,行囊空空,"翠柏苦犹食,晨霞高可餐。世人共鲁莽,吾道属艰难",然而四海无宁日,何处得安身?吐蕃窥视与胡人叛乱一样再次击碎了他美好的梦想。

他时常梦回长安,思念洛阳,忧国忧民之心更切,忧愤之情流淌笔端,《三吏》《三别》如玉落盘。

别过秦州,流浪的脚步再度出发。此时的西蜀物产丰富,经济繁荣,滚滚都江堰滋润着成都平原。饥饿避乱的人们纷纷从四面八方涌入蜀中。杜甫一家于公元759年的岁末到达成都西郊外的浣花溪,在朋友帮助下于浣花溪畔开辟一块荒地建筑起一座草堂,从此漂泊的灵魂有了暂时栖息的地方。

有了栖身之所、躬耕之地,杜甫的喜悦之情喷薄而出,尽情陶醉于"窗含西岭千秋雪,门泊东吴万里船"的美景中,肆意品味"随风潜入夜,润物细无声"的静谧。心中的花木"杨柳枝枝弱,枇杷对对香",眼前的虫鸟"细雨鱼儿出,微风燕子斜"。很多落魄文人闻讯提酒携菜往来于草堂,一杯清茶几杯浊酒,互诉民生之艰、颠沛之苦、重逢之喜。

当心灵得到片刻的宁静后,杜甫依然清醒地站在底层劳苦大众中间以敏锐的视角审视腐旧的恶势力,"新松恨不高千尺,恶竹应须斩万竿"。

然而好景如昙花一现,是年大旱,蜀中硝烟再起。"八月秋高风怒号,卷我屋上三重茅……安得广厦千万间,大庇天下寒士俱欢颜",人民的苦难一天比一天沉重,多病的杜甫心情也愈加沉重。

公元763年,"安史之乱"宣告结束,杜甫喜极而泣。"剑外忽传收蓟北,初闻涕泪满衣裳。却看妻子愁何在,漫卷诗书喜欲狂",短暂的欣喜过后,其实饥饿疾病战乱从未走远,蜀中混乱日甚,杜甫一家被迫泛舟远游,"应须理舟楫,长啸下荆门""五载客蜀郡,一年居梓州。如何关塞阻,转作潇湘游"。

时世多艰,悲歌彻云。"风急天高猿啸哀,渚清沙白鸟飞回。无边落木萧萧下,不尽长江滚滚来。万里悲秋常作客,百年多病独登台。艰难苦恨繁霜鬓,潦倒新停浊酒杯。"公元770年冬天,穷困潦倒、疾病缠身的"诗圣"在湘江上的舟中倒下了,一颗文坛巨星陨落在唐代的乱世中。

　　杜甫瘦弱的身躯倒下了,忧国忧民的伟大精神却得到了升华,他心系祖国、悯怀苍生,"居庙堂之高忧其民,处江湖之远忧其君"的爱国爱民情怀树起一座不朽的丰碑。杜甫用现实主义手法描绘了唐朝由盛到衰的历史进程,详细记录了底层人民的困苦生活,书写了一部气势恢宏的历史史诗,他像一棵大树扎根于人民的沃土中,长得枝繁叶茂,长成永恒。

　　走进草堂感怀万千,灵魂得到洗礼,思想得到升华。然意犹未尽,索性在心中盖座草堂,盖在中华民族厚重的文化积淀上,与人民同甘苦,与祖国共命运,与山河同在,与日月同光。

第三章

心灵牧歌

"爱鸟周"里更爱鸟

我小时候特别喜欢鸟儿,从长辈们的口口相传中得知每当大地回春、万物复苏,勤劳的布谷鸟会从遥远的地方飞来唤醒慵懒的人们扶犁下地,播撒一年的好运气和全部的希望;啄木鸟是丛林里有名的"赤脚医生",能"妙手回春",一双"火眼金睛"能看清树皮下藏身的每一条虫子,让一棵棵即将枯萎的树木起死回生;可爱的喜鹊如果迎着朝阳站在院子东头的大榆树上叽叽喳喳地叫个不停,那么一定会有喜事降临或有贵客临门,这是孩子们最喜欢见到的事情。因为父母会把家里最好的美味拿给客人,我们也能趁机"分一杯羹"。于是天天想啊、念啊、盼啊,期待喜鹊"早攀高枝"。急不可耐的孩子们跑到院门外,向村口的方向不停地张望,希望那点点移动的黑影会是远方和蔼可亲的二舅或朝思暮想的外公;知道"燕子归来寻旧垒",还是去年的主、去年的宾。总听村里人讲,屋檐下如果入住一窝燕子,相当于风水先生"卸一次土",预示着来年主人会大吉大利、百事和顺、万事如意。每当燕子归时,总渴望能落户庭院,给一家人带来好运气,也常常因为燕子飞入别人家而闷闷不乐、耿耿于怀。

我那时已上小学,因为喜欢鸟儿而格外喜欢描写鸟儿的唐诗,比如"两个黄鹂鸣翠柳,一行白鹭上青天""众鸟高飞尽,孤云独去闲""山气日夕佳,飞鸟相与还""鸟宿池边树,僧敲月下门"。但我认为最浪漫、最优雅的是"在天愿做比翼鸟,在地愿为连理枝",最动感、最传神的是"感时花溅泪,恨别鸟惊心"。

那时山路崎岖,每当困了、累了,希望自己能像鸟儿一样自由地飞翔于天地之间。有时会在睡梦中变成一只快乐的鸟儿，展翅翱翔于广袤的苍穹下。

儿时的故乡树木凋敝、植被疏落，可供鸟儿繁衍栖息的生存环境很差。常见的、叫得上名字的鸟儿就那么几种，对鸟儿的喜爱是肤浅的、懵懂的。真正感知鸟儿之美还是十年前的西双版纳之行。当索道悬浮于碧波万顷的西双版纳热带雨林之上，大自然最真实、最自然、最空灵的百鸟和鸣瞬间让人陶醉、痴迷。作为一个北方人，我第一次感知热带雨林，第一次聆听大自然演奏得如此婉转悠扬的盛大交响乐。我曾聆听过故乡鸟儿的啾鸣，与热带雨林里的鸟鸣相比似乎像乐器独奏，虽然美妙却单调了些，远远没有雨林里这种百鸟齐鸣的恢宏壮观。我仿佛秒变为大自然交响乐前一名痴迷的观众，沉浸在惊心动魄的演奏中竟然忘记了鼓掌，只屏息凝神、侧耳聆听，于细微处用心领会它的美妙绝伦。

这次西双版纳之行给我留下了深刻的印象，我用心感知了鸟儿之美、自然之美、人与自然和谐共生之美。

今年，我有幸参加了陕西省西安市举办的"爱鸟周"活动。这次活动使我更加深刻地认识到丰富的鸟类资源是自然生态系统中最重要的组成部分。它们不仅具有独特的观赏价值,而且在传播林木种子、消灭农林害虫、维护生态平衡、维持生物多样性方面发挥着重要的作用,具有非常高的科研价值和生态价值。多姿多彩的鸟类是大自然的精灵,是生态文化的承载者,是人类永远的朋友。

多年来,通过社会各界的不懈努力,一些珍奇鸟类摆脱了濒危的困境,种群数量不断增加。比如秦岭优雅的朱鹮像精灵一样不仅展翅飞翔于山水之间,还成为展示大美秦岭的一张靓丽名片。

但是人口的增长、城市的扩张、湿地的萎缩、森林的砍伐,严重地影响了鸟儿的集群、繁衍、栖息及迁飞,给鸟类的生存带来了极大的威胁。因此,我们爱护鸟儿决不能仅限于"劝君莫打枝头鸟,子在巢中望母归",而是要加深对人与自然和谐共生的生态文明理念的认识,从爱鸟护鸟做起,从身边的小事做起,为共建、共护、共享的和谐中国,为天蓝、地绿、水清的美丽中国做出应有的贡献。

削森为木

　　人类的先祖从大树上走下来，艰难地走出了森林，离开了茹毛饮血的丛林生活，开启了农耕文明、工业文明，然后转身用现代化生产工具面对曾经养育、呵护自己的这片森林。于是，森逐渐变为林，林慢慢变为木。有这样一句话："人类的文明是从砍倒第一棵树开始，到砍倒最后一棵树结束。"古埃及、古巴比伦的文明随着森林的消失而消亡就是最好的例证。

　　森林生态系统是陆地生态系统的重要组成部分,森林资源是重要的自然资源,是生态建设的物质基础。森林与人类的生活密切相关,不仅为人类提供各种优质木材、优良的经济植物和丰富的食物,而且对保持水土、涵养水源、净化空气、调节气候等具有十分重要的作用,被称作"空气调节器""地球之肺"。

　　目前,全球面临森林大面积消失、沙化土地面积增加、物种灭绝加速、水土流失严重、洪涝灾害频发、全球气候变暖等生态危机。全球森林面积百年来由 76 亿公顷减少到 34.4 亿公顷,减少了 50%多。全球沙化土地以每年5 万~7万平方千米的速度扩张,湿地退化速度超过了其他生态系统。冻土面积减少,内陆湖泊萎缩,西北冰川消融,海平面持续上升。森林资源的过度消耗严重影响森林和其他生态系统,同时危及人类的生存安全。产生变化的原因除自然因素外,更多的是人为因素对环境的破坏。

　　我国林业走过由森到木的发展路径,特别是 20 世纪五六十年代的"农业学大寨""大跃进""大炼钢""文化大革命"以及之后国家建设对木材的大量需求,使森林面积大幅缩减。"五五"时期,我国森林面积和蓄积量比"四五"时期减少了三分之一。20世纪80年代,南方放活林木经营,天然林再次遭到了极大的破坏。至1998年,一场大水终于给国人敲响了警钟,我国自此对天然林保护工程更加重视。加之一系列林业重点生态保护修复工程的稳步实施,集体林权制度改革的深入推进,封山育林、退耕还林的持续实施,终于遏制住了森林资源总量持续下滑和生态环境进一步恶化的趋势,中国的绿色版图也由此开始扩大。但是,我国自然生态系统还是非常脆弱,生态脆弱地区总面积达60%以上。尤其是降雨量小、蒸发量大的西北地区,植树造林异常艰难,有的地方植被一旦被破坏是很难恢复甚至不可能恢复的。

目前,生态差距依然是我国与发达国家最主要的差距之一。我国还是一个缺林少绿的国家,森林资源总量不够、质量不高、分布不均,很多地方还是只见树木不见森林,生态灾害频发,生态压力剧增。因此,我们必须时刻紧绷生态保护这根弦,深刻认识"生态兴则文明兴,生态衰则文明衰"这一生态文明兴衰规律。

陕西、宁夏、甘肃、青海、新疆五省(区)地处祖国西北,幅员辽阔,资源富集,境内河流纵横,名山遍布。陕西的秦岭被称为物种基因库,秦岭四宝——朱鹮、大熊猫、金丝猴、羚牛是陕西对外展示的生态名片;宁夏的贺兰山默默守护着富庶的宁夏平原,种群庞大的岩羊是贺兰山岩壁上跳跃的精灵;甘肃的祁连山被称作甘肃的"父亲山",千百年来呵护滋养着河西走廊这条古丝绸之路的黄金通道,守护着下游几百万群众;青海三江源被誉为"中华水塔";新疆是我国陆地面积最大的省级行政区,三大山脉的积雪、冰川孕育汇集为五百多条河流,分布于天山南北的森林面积占西北地区森林总面积的1/3。但是在近年来的经济发展过程中,地方各级政府、各部门忽略了对生态环境的保护,对资源的开发占有近乎攫取,乱批乱建、乱垦乱挖等杀鸡取卵的行为对敏感脆弱地区的生态环境造成了灾难性破坏。

长期严重的生态破坏引起了社会各界的广泛关注,五省重拳出击,开展环境整治。陕西省开展了秦岭北麓违建别墅集中整治。宁夏打响了贺兰山国家级自然保护区综合整治攻坚战。祁连山是中国西部重要的生态安全屏障,冰川密布,是悬挂着的固态水库,但由于长期的破坏,不仅严重威胁着祁连山的生态安全，同时严重威胁着黑河、石羊河、疏勒河下游的生态安全，湿地萎缩消失，沙漠化日趋严重，一些珍奇鸟类失去繁衍栖息地。因此，甘肃重拳治乱，扭转了祁连山生态持续破坏的被动局面。新疆也在竭尽全力改善区域河道断流，湖泊萎缩、干涸，湿地减少，土地沙漠化等状况。

持续的人为破坏加速了生态的恶化和物种的消亡。恩格斯说："我们不要过分陶醉于我们人类对自然界的胜利，对于每一次这样的胜利，自然界都对我们进行了报复。"早在 20 世纪 50 年代，周恩来总理无不忧虑地说："我最担心的两件事，一是水管不好，二是林管不好，林管不好是吃祖宗饭、造子孙孽。"习近平总书记指出："要善于用底线思维的方法，凡事从坏处准备，努力争取最好的结果，做到有备无患，遇事不慌，牢牢把握主动权。"他多次指出："在生态环境保护上，一定要算大账、算长远账、算整体账、算综合账，不能因小失大、顾此失彼、寅吃卯粮、急功近利。"

当前，我们必须牢固树立"山水林田湖草生命共同体"理念，深刻认识"生态兴则文明兴，生态衰则文明衰"的科学论断,重新审视新形势下森林资源保护发展工作,不断推进林业现代化建设取得新的进展,开启由木到森的森林资源正向演替新局面,为实现中华民族伟大复兴的生态梦而努力奋斗!

冷与热

一天傍晚，我想着去去白天的燥热，找一个清静的地方消消暑、纳纳凉，于是漫步于荷塘边，可神思早已被那田里的荷叶与亭亭玉立的荷花所吸引，索性蹲在青石边尽情欣赏一下"出淤泥而不染，濯清涟而不妖"的荷花。

微风吹过，如蒲扇般的荷叶随水波轻轻摆动，惬意地浮游于水面。荷叶上虽然看不到觅食的青蛙，但不知名的昆虫和翩翩起舞的彩蝶随处可见。荷叶看似毫无规律地排列于水面,可是依然那么宁静、自然、恬淡。小鱼儿蹦跳着游弋于荷叶之间,轻吐几个气泡,慢慢地游向远方。

荷花随风摇曳,清香溢满荷塘,有的含苞待放,有的羞涩地低着头,有的才露尖尖角,便有蜻蜓立上头。

湖边的游人驻足而立,不停地变换着角度拍照,想以相机留住美好的时光,有的把鱼食小心翼翼地撒向荷塘,一群五颜六色欢快的鱼儿蜂拥而至,几条小鱼急切地跳出水面。夕阳悄悄地把荷塘渲染成荷花的颜色,粉红色的荷花映照着霞光,一道涂抹了半边天空。

"妈妈,我想用热水浇浇荷花。"沉浸于梦幻般柔美荷塘景色的我,被这甜甜的声音给拽回到现实中,只见一个小女孩天真地望着妈妈。"好孩子,不能用热水浇花,我们要爱护鲜花,用热水浇花,花会热死的,要用冷水浇花。"小女孩的妈妈非常认真地教导着小女孩。小女孩又用稚嫩的声音问道:"那用热水浇花花会热死,用冷水浇花花会冷死的呀。"听着这对母女绝妙的对话,我忍俊不禁。水瘦山寒,天冷时,荷花会凋谢,荷叶会枯萎;春暖花开,天热时,荷叶会吐绿,荷花会盛开。

那么荷花到底是需要热水的温度,还是需要冷水的温度呢?我想荷花需要荷塘的温度,需要自然的温度。

这也不由让我想起了生活中点点滴滴的事情。我们大多时候总依靠感性判断,非此即彼,非冷即热!比如单位的同事,不是好人便是坏人,不是朋友便是敌人。比如我们夸奖孩子要么是"你太聪明了,你是天才,我的宝贝",要么就是"你笨死了,这么简单都不会",这都是给的冷热过了火。

我们总是停留在事物表面,不愿深入研究客观事物及其内在规律,习惯于靠经验、凭主观判断是非对错。很多孩子在家长的打击中无所适从,找不到自我,找不到自信,从而偏离正确方向。每个孩子都如同一部好车,如果方向不对,那么家长将油门踩得越大,车子偏离的速度就越快,距离目标也会越远。这就需要我们尊重孩子、尊重个性、尊重差异,冷热适度、张弛有度,切莫干预过度。荷花如此,人亦如此!

荷花知冷热,大树恋故土。想想看,挖大树进城是否与给荷花浇冷热水有异曲同工之处?有些地方想一夜成林,抑或要打造政绩林、功德林,大肆采挖珍贵大树进城。这样,一方面造成原生地水土流失,破坏长期形成的固有的稳定生物群落,撕裂了乡村生态文化记忆;另一方面树木远离故土,削枝剪冠,水土不服,营养不良,最终"挂拐杖、打吊瓶",成为老头树或病态树,经济效益和生态效益都大打折扣。

荷花的枯如同大树的病,都是我们给的"太冷"或"太热"。荷花向往那片荷塘,大树向往那道山梁。我们只有懂得它们的冷与热,懂得尊重生命、顺应自然,才能让荷花红满塘,让大树绿满坡!